हैरत-ए-आशिक़ी

नंदिनी अरोड़ा

सन्मति

Title: Hairat E Aashiqui
ISBN: 9789390539260
Author : Nandini Arora
© Nandini Arora

प्रकाशक

सन्मति पब्लिशर्स

बी-347, संजय विहार,

मेरठ रोड, हापुड़-245101 (उ0प्र0)

Website: www.sanmatiindia.com
Email: sanmati555@gmail.com
प्रथम संस्करण : अक्टूबर 2022

कवर आर्ट: निखिल मैथ्यू अरोड़ा
इलस्ट्रेशन: अन्वी सुनील

Print & Marketed by:
Tingle Books, Hapur

खुसरो दरिया प्रेम का, उलटी वा की धार
जो उतरा सो डूब गया, जो डूबा सो पार

-अमीर खुसरो-

चिंगी का परिवार बाक़ी परिवारों से बहुत अलग है और अजीबोग़रीब भी, यह बात चिंगी को बहुत देर में पता चली। या यह कहें कि पता चली तो ग्यारह की उम्र में, पर उस बात के मायने समझ आए सोलह साल की उम्र में।

यह बात देर में समझ आने का एक ख़ास कारण था। और वह यह कि उसका सारा परिवार बॉलीवुड से बुरी तरह ऑब्सेस्ड था। बॉलीवुड से चिंगी सहित पूरे परिवार का गहरा रिश्ता था।

तो 1950 से लेकर 2010 के दशक में रिलीज़ हुई ऐसी बहुत कम फ़िल्में होंगी, जो चिंगी के परिवार वालों ने ना देखी हों। कभी-कभी तो टीवी सुबह छह बजे चालू होता और रात दस बजे तक चलता रहता था। घर का कोई-ना-कोई सदस्य पिक्चर देख रहा होता था। कभी-कभी पड़ोसी, रिश्तेदार, मेहमान, घर में आने-जाने वाले रोज़मर्रा के लोग- जैसे, इस्त्रीवाला, सब्ज़ीवाली- जो आता था, वहीं बैठ जाता था। किचन में चाय उबलती रहती थी और पिक्चर लगी रहती थी। इस घर के बड़े-से-बड़े ज़रूरी कामों के वक़्त भी बैकग्राउंड में टीवी चालू रहता था। शादी के रिश्ते, स्कूल के सब्जेक्ट्स, कोई राजनीतिक चर्चा, कोई बहुत ही अर्जेंट गॉसिप, सब कुछ टीवी के साथ होता था। छोटी-मोटी समस्याएँ भी निपट जाती थीं। अगर कोई बीमार पड़ जाता तो उसका बिस्तरा टीवी के सामने लग जाता था और साथ ही उसके तीमारदार का भी। ऐसे समय में टीवी रात भर चालू रहता था।

टीवी और फ़िल्में इस परिवार के इतने अभिन्न अंग थे कि उन लोगों की ख़ास-ख़ास यादें भी उस वक़्त टीवी पर चल रही फ़िल्म से जुड़ी होती थीं।

जैसे माँ बोलती, "याद है, जब चिंगी टेबल से गिर गई थी और दो दाँत टूट गए थे?"

नानी की आवाज़ आती दूसरे कमरे से, "हाँ-हाँ याद है। हेमंत बिरजे टहनी से लटक रहा था और चिल्ला रहा था।"

या पापा दुखी होकर कहते, "कानपुर वाली मौसी की बिल्ली के मरने की ख़बर जब सुनी थी..."

तो नाना, मीठी इमली जो कि उनका पसंदीदा फ़िल्म-स्नैक था, खाना रोककर कहते, "हाँ भाई याद क्यूँ ना होगा, 'कल हो ना हो' पिक्चर लगी थी ना टीवी पर। इधर शाहरुख़ गुज़र रहा था और उधर उन लोगों की तिलोत्तमा।"

और फिर गहरी साँस लेकर कहते, "ऊपरवाले के भी अजब ही खेल हैं।"

अब ऊपरवाले से उनकी मुराद भगवान से थी या छत पर लगे केबल के एंटीना से, यह बात साफ़ नहीं है।

और तिलोत्तमा? मरी तो बिल्ली थी ना? हाँ तो भई, किस किताब में लिखा है कि बिल्ली का नाम तिलोत्तमा और घर की बेटी का नाम चिंगी नहीं हो सकता? चलिए, किसी भी किताब में लिखा हो, इस किताब में तो क़तई नहीं लिखा।

ख़ैर, हुआ यह कि एक बार चिंगी की नानी को चस्का लगा ऐक्शन फ़िल्में देखने का। छोटी-सी चिंगी भी उनके साथ आँखें बड़ी-बड़ी करके ये पिक्चरें/फ़िल्में शौक़ से देखा करती थी। फिर एक दिन चिंगी को पड़ोस के जिम्मी अंकल ने छत से नीचे आने वाले पाइप पर चढ़े देखा। चिंगी उस वक़्त बस पौने आठ साल की थी। उसे ख़ैरियत से नीचे उतार लिया गया। डाँट भी पड़ी और सलाह भी मिली। फिर जानने की कोशिश की गई कि यह ख़तरनाक आइडिया उसके दिमाग़ में आया कहाँ से? यह जानने के बाद कि यह किसी फ़िल्म में देखे सीन को कॉपी करने की कोशिश थी, उसे समझाया गया कि फ़िल्मों की हर बात झूठ होती है। उनका असल ज़िंदगी से कुछ लेना-देना नहीं। यह बात चिंगी के नन्हे मन ने गाँठ जैसे बाँध ली।

इन ऐक्शन फ़िल्मों के बाद दौर चला पारिवारिक फ़िल्मों का। चिंगी ने अपने बड़ों की बात को याद रखा- असली परिवार ऐसे नहीं होते। आख़िर उसके घर में तो कोई भी घरेलू फ़िल्मों के पात्रों जैसा व्यवहार करता नहीं था। इसीलिए जब चिंगी को यह पता चला कि बड़ों की बताई यह बात ग़लत है तो उसके पैरों के नीचे से ज़मीन खिसक गई। आख़िर सच था क्या?

और सच का ख़ुलासा हुआ चिंगी की एक क्लासमेट के स्लीप ओवर में।

स्लीप ओवर- यानी किसी सहेली या दोस्त के घर जाकर रात बिताना, बातें करना, मस्ती करना और फिर रात को वहीं सो जाना। ज़ाहिर-सी बात है कि बहुत-सी अन्य मज़ेदार चीज़ों ही की तरह यह एक अमरीकन कॉन्सेप्ट था, जिसका इस छोटे शहर में बहुत चलन नहीं था।

चिंगी की सहेली कुलसुम की बड़ी बहन रेहाना ने शहर का पहला स्लीप ओवर अपने घर में किया था। इस बात को पाँच साल हो गए थे। और तब से अब तक 'लेडी ऑफ़ आइरिस' स्कूल में छठी कक्षा के हर छात्र और छात्रा ने यह रीत निभाई थी। उनकी देखा-देखी, शहर के पाँच-सात स्कूलों में भी यह चलन चला।

रेहाना आपा और उनकी सहेलियों ने यह अँग्रेज़ी फ़िल्मों, सीरियलों और नॉवल्स से सीखा था। महीनों तक माँ-बाप को मना कर, रूठकर, रोकर, खाना छोड़कर और आख़िरकार घर से भाग जाने की धमकी देने के बाद उन्हें इजाज़त मिली थी स्लीप ओवर की।

वैसे तो रेहाना के अम्मी-अब्बू, सितारा और यासेर, दोनों को पता था कि उनकी नाज़ कुमारी कहीं भी भागने वाली नहीं थी। भाग भी जाती तो पहुँचती ऐसी जगह, जहाँ दिन भर एसी चलता हो और हर आधे घंटे में 'क्या खाओगी बेटा?' पूछा जाता हो, यानी कि उसकी नानी के घर ही।

पर दुनिया के ज़्यादातर माँ-बाप जानते हैं कि उन्हें बच्चों के नख़रे मान जाने के भरम रखने पड़ते हैं।

और इस तरह हुआ, अंबाला सिटी के पहले स्लीप ओवर का शुभारंभ।

जो-जो चीज़ें बच्चियों ने टीवी और इंटरनेट पर देखी थीं, जुटाई गईं। पॉपकॉर्न, नाचोज़ (ये चंडीगढ़ से मँगवाने पड़े), डायट पेप्सी और पिज़्ज़ा!

वह बात अलग है कि रेहाना आपा के अब्बा यानी यासेर को पिज़्ज़ा अपने फ़ेवरेट कबाबची से बनवाने पड़े। वह भी उसके सिर पे

खड़े होकर, मैदे के मोटे-मोटे नान टाइप बनवाकर, उस पर अल्लम-गल्लम डलवा के।

ऐसा नहीं था कि अंबाला में कहीं भी पिज़्ज़ा नहीं मिलता था। लेकिन 'जै बजरंगी चीसी पीज्जा' वाले को अचानक से गाँव जाना पड़ा था।

ख़ैर, पिज़्ज़ा जैसे भी बना हो और जैसा भी बना हो, रेहाना आपा और उनकी सहेलियाँ इतनी उत्साहित थीं स्लीप ओवर के ट्रेंड की पायनियर बनने पर कि चुपचाप पिज़्ज़ा खाती रहीं। किसी ने यह बात ज़ाहिर नहीं होने दी कि पिज़्ज़ा में से कबाब का स्वाद और ख़ुशबू दोनों आ रहे थे।

कुछ अँग्रेज़ी और कुछ बॉलीवुड गानों पर नाच के, हाहाहा हीहीही करके, जब वो थक गईं तो हिंदी की एक ख़ास पिक्चर लगाई गई। ज़ाहिर-सी बात है कि इस पिक्चर का इंतज़ाम चिंगी की मम्मी ने किया था। चिंगी उस समय छह साल की थी पर सब जानते थे कि उसके घर में ही 'ऐसी-वैसी' फ़िल्में आसानी से मिल जाएँगी।

ऐसा नहीं था कि बच्चियों को पिक्चर देखने की अनुमति नहीं थी। पर एक सी ग्रेड पिक्चर जिसमें थोड़ा-बहुत हॉरर और थोड़ी-बहुत 'ऐसी-वैसी' चीज़ें दिखाई जाती हों, यह एक ख़ास अनुभव था उनके लिए। बच्चियों को इस स्लीप ओवर के टाइम तक सिर्फ़ हॉरर वाले हिस्से में दिलचस्पी थी। फ़िल्म को देखने के बाद एक भारी-भरकम डिस्कशन हुआ। उसके बाद आई बारी गॉसिप की। यह हर स्लीप ओवर का हाई पॉइंट होता है, यह सब लड़कियाँ जानती थीं। लेकिन थीं तो बस ग्यारह साल की, तो ना तो उनमें से किसी को किसी पर क्रश हुआ था और ना ही वे हॉर्मोनल उतार-चढ़ाव के मायने जानती थीं।

ना-ना ऐसा नहीं था कि क्लास छह के बच्चों को तब तक सेक्स एजुकेशन नहीं मिली थी। मिली थी, दोस्तों, बाक़ायदा मिली थी। लड़कियों को ही नहीं, लड़कों को भी।

अब उनके स्कूल की नर्स 'भावना सिस्टर' थी ही बोरिंग व्यक्तित्व की या जानबूझ के सेक्स एजुकेशन को इतना उबाऊ बना देती

थी- बायोलॉजी के बड़े-बड़े टर्म्स इस्तेमाल करके, यह तो पता नहीं। लेकिन सालों-साल उस स्कूल के बच्चे सेक्स को उसी निगाह से देखते थे, जैसे बड़े लोगों के बाक़ी कामों को। यानी कि 'ओफ़्फ़ोह! बड़े होकर टैक्स भी भरना पड़ता है और सेक्स भी करना पड़ता है? हाय! बेचारे मम्मी-पापा!'

ख़ैर यह तो था पहला स्लीप ओवर। जैसे-जैसे इसका चलन बढ़ा, लड़कियाँ तो लड़कियाँ, लड़के भी ज़िद करने लगे। अब पिज़्ज़ा खा के, रात भर जाग कर फ़िल्म कौन नहीं देखना चाहता?

ख़ैर, लड़कों को शौक़ तो चर्राया लेकिन उनको आता-वाता कुछ नहीं था। तो महीनों तक लड़कियों की ख़ुशामद की गई। कई तरह के प्रलोभन दिए गए। किसी लड़की की लैब-बुक में डायग्राम बनाए गए और किसी पर अपना टिफ़िन कुर्बान कर दिया गया। लड़कियों ने किसी भी रिश्वत को मना नहीं किया। पर एक चीज़ थी जो ख़ास तौर पर लड़कियों को चाहिए थी। वे लड़कों के साथ मिलकर स्कूल के पीछे वाली सीमेटरी में रात को पिकनिक मनाना चाहती थीं। वैसे तो लड़कियों को अकेले जाने में कोई प्रॉब्लम नहीं थी और ना ही कोई डर था। बस लड़के भूतों वाली आवाज़ अच्छी निकालते थे। और सबसे ज़रूरी कारण था पराग के घर से आया हुआ आमपापड़। सीमेटरी में रात के डेढ़ बजे बैठकर, भूतों की कहानियाँ सुनते हुए आमपापड़ खाना भी बड़े-भाई बहनों से विरासत में मिला एक रिवाज़ था, जिसे अँग्रेज़ी में 'राइट ऑफ़ पैसिज' कहते हैं।

ऐसा नहीं था कि बच्चे नहीं जानते थे कि सीमेटरी एक ऐसी जगह थी जहाँ इज़्ज़त से और शराफ़त से पेश आना चाहिए। जानते थे। अच्छे बच्चे थे सब। पर यह सब हुड़दंग सीमेटरी के एक विशेष हिस्से में होता था। बच्चों को इस हिस्से में कोई भी शैतानी करने की इजाज़त थी।

बहुत ख़ास था यह हिस्सा। बड़े-बुज़ुर्ग इसे बहुत ही मुक़द्दस और पवित्र स्थान मानते थे। आप पूछ सकते हैं कि इसमें क्या बड़ी बात है? किसी ऐसी जगह, जो गुज़रे हुए लोगों की आरामगाह हो उसे पवित्र ही समझा जाता अमूमन। पर है एक ख़ास बात।

सीमेटरी का यह हिस्सा बाक़ी क़ब्रों से दूर था। एकदम कोने में। और यह कोना हमेशा जगमगाता और महकता रहता था। यहाँ थी शंभू डीमेल्लो की क़ब्र।

रेहाना आपा और उसकी क्लासमेट्स बस ग्यारह-साढ़े ग्यारह साल की ही थीं, पर उन्हें शंभू अंकल याद थे।

वह अंबाला की सबसे बड़ी लाइब्रेरी के लाइब्रेरियन भी थे और मालिक भी।

शहर के ज़्यादातर बच्चों को याद था वह दिन, जिस दिन उनके मम्मी-पापा इस लाइब्रेरी में पहली बार ले गए थे। और बच्चों का पहला लाइब्रेरी कार्ड बनवाया गया था।

कार्ड बनाने के लिए जब मम्मी-पापा लोग फ़ॉर्म वग़ैरह भर रहे होते, तब शंभू डीमेल्लो बच्चों से एक बहुत ही मोटी किताब पर हाथ रखवा के शपथ दिलवा रहे होते थे।

इस शपथ के अनुसार, "दुनिया के सारे भगवान, ख़ुदा, गॉड से बढ़कर, सारे धर्मों, मज़हबों से बढ़कर होती है वह कहानी या कविता की किताब जिसमें इंसान, इंसान से प्यार करता हो, एक-दूसरे के साथ अपना टिफ़िन शेयर करता हो और उसके साथ खेलता-कूदता हो! जिस किताब से हमेशा सही और ग़लत में फ़र्क़ पता चलता हो। और ग़लत से लड़ने की ताक़त मिलती हो।"

ज़ाहिर-सी बात है साढ़े तीन, पौने चार साल के बच्चे इतने बड़े शब्द ना तो बोल पाते थे और ना ही समझ पाते थे। कुछ ऊटपटाँग-सा बोल देते थे। लेकिन शंभू अंकल के खिलखिलाती आँखों वाले चेहरे के सभी हावभाव बख़ूबी अपने चेहरे पर उतार देते थे। उसके बाद बच्चे देते थे शंभू अंकल को उनकी मनपसंद कोका कोला फ़्लेवर वाली टॉफ़ी। और इस तरह यह रस्म संपन्न होती थी।

यह मोटी-सी किताब कोई साधारण किताब नहीं थी। यह एक जादुई किताब थी और बहुत ही बेशक़ीमती। हर बच्चे की सालगिरह घर पर जैसे भी मनाई जाती हो, मगर सबसे पहले सुबह-सवेरे उस बच्चे को

लाइब्रेरी लाया जाता था। और शंभू डीमेल्लो इसी किताब से पढ़कर उस बच्चे की जन्म की कहानी सुनाते थे।

इसी तरह तो परमजीत को पता चला था कि जन्नत से नीचे आते वक़्त वह नारियल के पेड़ में फँस गया था। फिर नारियल तोड़ने वाली चीनू दीदी ने उसे पेड़ से उतारा था। और यही कारण है कि उसे नारियल की बर्फ़ी इतनी पसंद है। और अंजलि को अपनी वाली कहानी सुन के पहली बार पता चला था कि एंजल्स उसे एयर प्लेन में नर्सिंग होम छोड़ने आए थे, उसकी मम्मी के पास, क्यूँकि उस दिन बच्चों को धरती पर उतारने वाले यूनीकॉर्न का पेट ख़राब था। और यही कारण है कि वह एयर प्लेंस के पीछे ऐसी दीवानी है और पाइलट बनना चाहती है। ये सारी बातें सुनते ही बच्चों को विश्वास हो जाता था कि यह किताब क्या, दुनिया की सारी किताबें उनके मन में छुपे राज़ और दुनिया की हर बात जानती थीं।

हाँ दस-ग्यारह की उम्र तक आते-आते बच्चों को अंदाज़ा हो जाता था कि उनके जन्म से जुड़ी ये कहानियाँ उनके ख़ुद के मम्मी-पापा और शंभू अंकल की मिली-भगत होती थीं। लेकिन तब तक किताबों की दुनिया ज़्यादातर बच्चों को अपनी गिरफ़्त में ले चुकी होती थी। और बच्चे उसी मनगढ़ंत कहानी को हर सालगिरह पर दोहराए जाने की फ़रमाइश करते थे।

उन्ही शंभू अंकल की क़ब्र थी यह। इसी के पास तेजिंदर चाचा ने एक छोटी-सी क्यारी खोद दी थी, जिसमें सुर्ख लाल गुलाब के फूल लगे थे। और बाद में शंभू अंकल के किसी चाहने वाले ने एक बेंच भी लगवा दी थी।

शंभू डीमेल्लो चार साल पहले सोते-सोते गुज़र गए थे। सारा शहर रो उठा था। लेकिन तेजिंदर चाचा कहते थे कि शंभू अंकल गुज़रे नहीं थे, बल्कि कोई किताब पढ़ते-पढ़ते एक ऐसी दुनिया में चले गए थे, जहाँ जाकर इंसान इस दुनिया का पता भूल जाता है।

इससे पहले कि मैं आप को वापस रेहाना आपा और उनके क्लासमेट्स की स्लीप ओवर की दुनिया में वापस ले जाऊँ, तेजिंदर चाचा के बारे में भी सुन ही लीजिए।

तेजिंदर चाचा प्रीमच्यौर रिटायरमेंट लिए हुए सुप्रीम कोर्ट के जज थे। कहाँ से आए थे और यहाँ अकेले क्यूँ रहते थे, यह तो किसी को पता नहीं था पर वह आते ही उन सभी लोगों के लिए, जो वकीलों की फ़ीस आसानी से नहीं दे सकते थे, मददगार बन गए थे।

बाद में उन्होंने 'अपने मूल अधिकारों को जानो-पहचानो' के नाम से मुफ़्त लेक्चर भी देने शुरू कर दिए, जो वह अब तक देते आ रहे हैं।

तो तेजिंदर चाचा और शंभू डीमेल्लो लाइब्रेरी की ज़मीन पर शंभू के परिवार द्वारा किए गए एक फ़र्ज़ी केस के सिलसिले में पहली बार मिले थे। ऐसा नहीं था कि शंभू के परिवार वालों को अपने बेटे से दुश्मनी थी। उनको बस इस बात से ऐतराज़ था कि वह अड़तीस साल की उम्र तक भी कुँवारे क्यूँ थे। लोग उनका नाम लेकर कई तरह की गप्प और अफ़वाहें फैलाते रहते थे। ख़ैर, वह केस तो परिवार वालों ने ख़ुद ही दुखी होकर ख़ारिज करवा दिया था, कोर्ट की पहली तारीख़ मिलने से भी पहले। लेकिन तेजिंदर और शंभू की दोस्ती अगले पाँच साल चली। वैसे सच कहें तो शंभू की मौत के बाद भी चल रही थी।

यह दोस्ती सिर्फ़ दोस्ती नहीं थी, ऐसा सब का मानना था। जो ठीक-ठाक क़िस्म लोग थे वे इसके बारे में ज़्यादा बात नहीं करते थे। लेकिन जो बकवादी थे वे मज़े ले-लेकर इस 'दोस्ती' के चर्चे करते थे।

वे दोनों अक्सर जीतू की स्नैक्स वैन पर आमलेट पाव खाते और चाय पीते नज़र आते थे। और सब जानते थे कि अगर इस ठेले पर कोई दो लोग खाते और बतियाते दिख गए तो उनकी मुहब्बत पक्की है।

युवा पीढ़ी उन दोनों ही को अपना हीरो मानती थी।

शंभू अंकल के गुज़रने के बाद तेजिंदर चाचा हर शाम कभी अपने घर से बनाकर, तो कभी जीतू से खाना पैक करवा के सीमेटरी आते थे। साथ में रहता था- एक काली चाय का थर्मस, दो प्याले और तीन-चार

नींबू की फाँकें। और रहती थीं ढेर सारी किताबें। घंटों तक तेजिंदर चाचा किताबें सिर्फ़ ज़ोर-ज़ोर से पढ़कर ही नहीं सुनाते थे बल्कि शंभू अंकल के संग पूरी शिद्दत से बहस किया करते थे। एक चाय का कप अपने लिए तैयार करते और एक शंभू के लिए। तेजिंदर को बचपन से ही मीठा पसंद नहीं था। और शंभू एक नन्हे-से प्याले में तीन चम्मच शक्कर को भी कम मानते थे। बहुत झगड़ा होता था इन दोनों के बीच में, इस बात को लेकर।

लेकिन अब, शंभू के गुज़रने के बाद, तेजिंदर चाचा की चाय की प्याली चीनी से भरी रहती थी और वह चुस्कियाँ लेते हुए चाय पीते थे।

हाँ जीतू स्नैक्स वाले का यह ज़रूर कहना था कि "तेजिंदर भाई जितनी चाहे चीनी डाल लें अपने प्याले में, उनके आँसुओं से तो चाय को फिर खारा हो ही जाना है।"

जीतू ने उन्नीस सालों में इतने सारे प्रेमी युगलों के लिए मैगी, आमलेट पाव और गोभी मंचूरियन बनाया था कि अब वह किसी जोड़े के सबसे पहले वाले ऑर्डर के लिए पानी उबालते हुए, अंडा फोड़ते हुए या गोभी तलते हुए जान जाता था कि इस प्रेम कहानी में कितनी जान है!

एक तरह से वह शहर में सब का अन-ऑफ़िशियल 'एगनि आंट' था। यानी कि सबके दुख-दर्द सुन के उनके निवारण करने वाली ख़ाला या बुआ!

झींगुर वाले बाबा का चौक जहाँ वह अपना ठेला लगाता था, गवाह है कि जीतू की कोई भविष्यवाणी उन्नीस सालों में एक बार भी ग़लत नहीं हुई थी। हर ब्रेकअप के बाद, जिसका दिल ज़्यादा टूटा होता था इस ठेले पर वापस आता ही आता था। और फिर उस टूटे दिल शहज़ादे या शहज़ादी के लिए बनता था 50 ग्राम मक्खन वाला मैगी-एक्स्ट्रा चीज़ और इस सलाह के साथ कि "बेटा/बिटिया, चाहे जितनी बार दिल टूटे, दिल की ज़मीं को सूखने ना देना। उसमें चाहो तो अपने आँसुओं से और चाहो तो मेरे बटर मैगी से तरावट डालते रहना। नहीं तो रेगिस्तान-सी हो जाएगी ज़िंदगी।" ब्रेकअप वाले मैगी पर 50% का डिस्काउंट भी होता था।

जीतू के ख़ुद भी कुछ प्रेम प्रसंग हैं जिनके बारे में एक पूरी किताब लिखी जा सकती है। पर फ़िलहाल हम लौट के चलते हैं रेहाना आपा और उनके क्लासमेट्स के पास, जिन्होंने शंभू अंकल की क़ब्र पर आमपापड़ वाली पिकनिक भी मना ली। भूतों की आवाज़ भी निकाल ली। लड़कों का स्लीप ओवर भी डिस्कस कर लिया। और बहुत प्यार से "बाय बाय शंभू अंकल, गुड नाइट! स्वीट ड्रीम्स!" बोलकर घर लौट गए थे सारे बच्चे।अपने-अपने मम्मी-पापा से डाँट खाने।

फिर उसके बाद चलते हैं लड़कों के पहले स्लीप ओवर की ओर, जो इस पिकनिक के ग्यारह दिन बाद संपन्न हुआ। स्लीप ओवर तो हुआ लड़कों का लेकिन शामत लड़कियों की आ गई। टिप्स और रूल्स लड़कियाँ अच्छे से समझा चुकी थीं पर तब भी लड़कों को बहुत सारी शंकाएँ थीं। उनका निवारण लड़कियाँ सारी शाम फ़ोन पर करती रहीं।

पहला प्रश्न था : क्या यह बहुत ज़रूरी है कि सब बच्चे एक ही कमरे में सोएँ?

प्रॉब्लम यह थी कि चंदन बहुत पाद मारता था।

'नाम चंदन और काम बदबू फैलाना' वाले जोक्स ने फिर ताउम्र उसका पीछा किया। लेकिन उस शाम यही तय पाया गया कि हाँ सबको एक ही कमरे में सोना पड़ेगा। यह रूल है।

लड़कों का दूसरा सवाल था या यह कहें कि ऐतराज़ था कि उन्हें कोई सी ग्रेड हॉरर फ़िल्म ही क्यूँ देखनी पड़ेगी? क्यूँ वे कोई सेंटिमेंटल-सी रोम-कॉम नहीं देख सकते? और इसी बेवक़ूफ़ाना सवाल से शुरू हुआ एक फ़्रेज़ जो सिर्फ़ रेहाना आपा की क्लासमेट्स ही नहीं, आने वाली पीढ़ियों की सब लड़कियों ने अपना फ़ेवरेट तकिया कलाम बना लिया था- "व्हाई आर बॉयज़ सो स्टूपिड?"

जबकि यह साल था 1998! ट्विटर के हैशटैग क्या, इंटरनेट क्रांति भी नहीं आई थी देश में।

इस पर देवी नाम की लड़की ने, जिससे सब डरते थे, कड़कदार आवाज़ में घोषित कर दिया कि "रूल्स आर रूल्स' और बात वहीं ख़त्म हो गई।

सुनते हैं कि कुछ लड़के रात भर इस बात पर भुनभुनाते रहे कि "रूल्स आर मेंट टू बी ब्रोकन!" लेकिन ज़ाहिरी तौर पर लड़कों की चूँ भी ना सुनाई पड़ी।

तीसरी सबसे बड़ी झड़प हुई एक गेम को लेकर! और हाँ, सॉरी फ़ॉर स्पॉइलर एलर्ट, पर लड़के यह वाला राउंड जीत गए।

झगड़ा हुआ 'फ़्लेम्ज़' नाम के एक गेम को लेकर। बड़ा आसान गेम है। या यह कहें कि भविष्यवाणी करने का एक तरीक़ा है।

सबसे पहले अँग्रेज़ी के कैपिटल लेटर्स में' एफ एल ए एम ई एस' यानी कि फ़्लेम्ज़ लिखा जाता है। फिर आपका और आप जिसे पसंद करते हैं उसका नाम। फिर दोनों नामों में जो एक जैसे अक्षर हों उनको काटकर, बाक़ी बचे अक्षरों को गिन लिया जाता है। फिर उस नंबर को फ़्लेम्ज़ पर अक्कड़-बक्कड़ स्टाइल पर गिना जाता है। और जिस एल्फ़ाबेट पर वह नंबर आए आप उसे काट देंगे। इसके बाद जो अक्षर आख़िर में बचे- वही अक्षर, आपकी क़िस्मत में आगे क्या है, दर्शाएगा।

एफ़ यानी 'फ्रेंडशिप' यानी दोस्ती, एल से हुआ 'लव' यानी प्यार, ए से हुआ 'अडोर' यानी उस पर फ़िदा हो जाना, एम से 'मैरिज' यानी शादी, ई से 'ऐनिमिटी' यानी दुश्मनी और एस से 'स्वीटहार्ट' यानी कि प्रियतम।

अब लड़के अड़ गए कि एम से मैरिज नहीं मैगी खाने का ऑप्शन होना चाहिए। आख़िरकार इस शहर की ज़्यादातर प्रेम कहानियाँ मैगी के ठेले पर पलकर जवान हुई थीं।

भविष्य में शादी की बिरयानी या पहली डेट में बाँटकर खाई गई रसमलाई से बड़ी अहमियत रखता था- एक साथ मैगी खाना अंबाला शहर में।

यह बात लड़कियों ने आख़िरकार मान ली और आगे की पीढ़ियों ने भी यह रस्म निभाई।

ख़ैर बहुत सारे डीटुअर ले चुके हैं हम लोग। चलिए अब चलते हैं वापस इस कहानी की हीरोइन चिंगी के पहले स्लीप ओवर पर।

रेहाना आपा के ट्रेंड सेटिंग स्लीप ओवर के पाँच साल बाद हुआ था यह स्लीप ओवर। रूल्स अभी भी वही थे। सब लड़कियाँ बहुत जोश में थीं। अब चूँकि कुलसुम की बड़ी बहन रेहाना ने यह ट्रेंड शुरू किया था, जायज़ था कि कुलसुम ही उसकी क्लास में होने वाला पहला वाला स्लीप ओवर अपने घर में रखे।

हाँ तो 23 जून, 2004 को हुआ वह स्लीप ओवर- जिसे भविष्य में याद करके चिंगी। कहेगी, हाँ यही थी वह रात जिसने मेरी दुनिया और ज़िंदगी बदलने की शुरुआत की थी।

बाक़ी सारे क्रियाकलाप निपटा लिए गए थे और अब दौर शुरू हो रहा था गॉसिप का! अब इन ग्यारह साल की लड़कियों को ना तो किसी पे क्रश हुआ था ना ही इंट्रेस्ट था। यहाँ तक कि वे सब, प्यार में पड़े बड़े भाई-बहन, मौसी, बुआओं, मामा, चाचा वग़ौरह को पागल ही मानती थीं। उन्हें तो शाहरुख़ ख़ान और सुष्मिता सेन तक में कोई इंट्रेस्ट नहीं था। सब बच्चों के अलग-अलग शौक़ थे। और बस वही शौक़ उन लोगों के प्यार के पात्र थे। किसी को अपनी ड्रॉइंग बुक से प्यार था। किसी को अपने गिटार से। किसी को अपनी बिल्ली से और किसी को अपने फ़ेवरिट कार्टून से प्यार था। लेकिन गॉसिप थोड़े ही हो सकती थी इन सब पर? तो उन लोगों ने एक-दूसरे को अपने मम्मी-पापा के शादी के क़िस्से सुनाने शुरू किए। कौन घर से भागा, किसकी अरेंज्ड हुई और किसकी लव। इस पर बहुत देर तक बातें हुईं। चिंगी के पास तो बहुत कुछ था बताने को। उसके परिवार में तो इबादत से बढ़कर इश्क़ फ़रमाने को दर्जा दिया जाता था। लेकिन ऐन मौक़े पर कुलसुम के पापा यासेर अंकल ने दरवाज़ा खटखटाया और याद दिलाया कि अगर बच्चों को कल चिड़ियाघर जाना है तो अब उन्हें सो जाना चाहिए। उस रात चिंगी अपने परिवार के क़िस्से-कहानियाँ नहीं बता पाई। और क़िस्मत की बात है कि कई सालों तक गॉसिप का दौर नहीं लौटा इन बच्चियों के स्लीप ओवरों में। चिंगी की कहानियाँ बस उसके मन में ही रह गईं।

लेकिन बाक़ी बच्चियों की बातें सुन के चिंगी को कोई एक बात अजीब लगी थी। समझ में नहीं आ रहा था कि वास्तव में क्या बात थी,

पर कोई बात ज़रूर थी। कोई डरावनी बात नहीं थी। पर कुछ तो था जो उसकी पकड़ में नहीं आ रहा था। कुछ अजीब-सा पैटर्न था बाक़ी बच्चियों के मम्मी-पापा के क़िस्सों में जो चिंगी को अपने परिवार से कुछ अलग-सा लग रहा था।

यह बात उसके दिमाग़ में रात भर चलती रही। पर कुछ दिनों में यह बात भी भूल गई चिंगी। और ज़िंदगी ठीक-ठाक तरीके से, कभी अच्छी, कभी बुरी, कभी मज़ेदार, कभी उबाऊ होकर चलती रही।

अगले कई स्लीप ओवरों में बच्चों को प्लैनचेट करने का, यानी कि काग़ज़ पे कुछ लिख-विख के भूतों और प्रेतात्माओं को बुलाने का चस्का लग चुका था। पाँच-साढ़े पाँच साल यह सब करने में गुज़र गए।

लेकिन सोलह साल की उम्र तक आते-आते गॉसिप सेशन में रणबीर कपूर और कटरीना कैफ़ का नाम आने लगा। फिर धीरे-धीरे पड़ोस में रहने वाले हमउम्र और सीनियर्स नज़र आने लगे। क्रशेज़ यानी दिल धड़कने वाले सिलसिले शुरू हो गए।

और साथ ही साथ शुरू हो गई एक बिन बोली अन-ऑफ़िशियल प्रतिस्पर्धा यानी कॉम्प्टीशन, कि किसका क्रश सबसे पहले उसे प्रोपोज़ करता है। या अगर प्रपोज़ल लड़की की ओर से हुआ तो कौन लड़का सबसे पहले उसे स्वीकार करता है।

फिर कौन लड़की या कौन लड़का सबसे पहले जीतू अंकल के स्नैक्स के ठेले पर पर दिखाई पड़ता है। हाँ, सबूत लाना ज़रूरी था इस पहली डेट का। अब क्यूँकि सब बच्चों के मम्मी-पापा तो उन्हें मोबाइल फ़ोन ख़रीद के नहीं देते थे तो जीतू अंकल ही पहली डेट की तस्वीर खींच के प्रिंट दे दिया करते थे और बाद में ईमेल करने लगे थे।

तो अब हम और क़रीब आ रहे हैं उस ख़ास स्लीप ओवर के, जिसका ज़िक्र तो मैंने किताब के दूसरे पन्ने पर ही कर दिया था। अभी तक उसके प्रति उत्सुकता बनाए रखने का शुक्रिया।

बड़ा फ़िल्मी-सा संयोग है कि चिंगी की ज़िंदगी के सारे बड़े मील के पत्थर ठीक सोलहवें साल में ही आने शुरू हुए।

दसवीं कक्षा के प्री-बोर्ड के रिज़ल्ट से उसके परिवार में ख़ासी खलबली मची। मैथ्स और साइंस दोनों में लुढ़क गई थीं सुश्री चिंगी जी। अब जल्दबाज़ी में और कोई ट्यूटर ना मिला तो उसी के स्कूल के एक एक्स सीनियर जीवन को नियुक्त कर लिया गया। जीवन कॉलेज के थर्ड इयर में मैथ्स ऑनर्स कर रहा था। वह चिंगी की क्लासमेट कुलसुम का कज़िन भी था।

वैसे तो स्कूल के इम्तिहान में फ़ेल होना या ट्यूशन पढ़ना कोई ख़ास बातें नहीं थीं पर चिंगी के लिए यह ख़ास साबित हुई।

इसी के चलते चिंगी को पहली बार प्यार हुआ और उसे पूरा विश्वास था कि इतना सारा प्यार तो सारी दुनिया में इससे पहले किसी को नहीं हुआ होगा।

मुझे पता है आपको तो लग रहा होगा कि चिंगी को जीवन यानी अपने ट्यूटर से प्यार हुआ होगा। ग़लत! सबसे पहली बात तो यह कि जीवन गे यानी समलैंगिक था। दूसरी बात यह कि उसे चिंगी बहुत ही फ़नी और बेवक़ूफ़ दोनों लगती थी। प्यार करने लायक़ नहीं, उसकी बातें सुनकर पेट पकड़कर हँसने लायक़। उसे चिढ़ाने लायक़। और पक्की यारी करने लायक़।

वे दोनों आने वाले समय में पक्के दोस्त बनकर ही रहे। मगर ऐसे दोस्त जिन्होंने कभी एक-दूसरे से तमीज़ से बात करने की ज़हमत नहीं उठाई। ना ही एक-दूसरे की किसी भी पसंद या किसी भी ख़याल से वाक़िफ़ियत रखी। लड़ाई किसी भी चीज़ पर हो सकती थी। माधुरी या श्रीदेवी कौन ज़्यादा ख़ूबसूरत है? दोसे के साथ टमाटर की चटनी खाई जाए या नारियल की? ये 'के थ्री जी' फ़िल्म के राहुल-अंजलि जैसी प्यारी और दिलकश नोक-झोंक नहीं थी, काफ़ी सीरियस होते थे ये झगड़े। दोनों के परिवार वाले, रिश्तेदार, दोस्त और पड़ोसी हमेशा तैयार रहते थे कि कभी भी, कुछ भी हो सकता है। बस ग़नीमत थी कि अस्पताल पहुँचने के हालात अभी तक नहीं आए थे।

ख़ैर, हम बात कर रहे थे चिंगी के पहले प्यार की। जीवन चिंगी के मुँह से इतनी संजीदगी से निकले प्यार के व्याख्यानों पर हँसता था।

उसका कहना था कि यह बस ऑक्सिटोसिन, सेरोटोनिन और डोपामाइन हॉर्मोंस का कमाल था। या आसान भाषा में बस 'ठरक' का मामला था! यह सुनकर पहले चिंगी उदास हुई, फिर नाराज़ और फिर उसने जीवन के हाथ पर ज़ोर से काट खाया। तब जाकर जीवन की हँसी थोड़ी देर को रुकी।

लेकिन जब जीवन को पता चला कि आख़िरकार चिंगी का दिल लगा किससे है, तो वह हँसते-हँसते सोफ़े से नीचे गिर गया। सिर्फ़ गिरा ही नहीं, उसे बाक़ायदा चिंगी की मासूम मोहब्बत पर हँसने की सज़ा भी मिली। टेबल के कोने से सर टकरा गया ज़ोर से। लेकिन जीवन की हँसी तब भी न रुकी।

चिंगी को कुलसुम के मौसेरे और जीवन के फुफेरे कज़िन-मोहसिन से हुई थी ज़िंदगी की पहली मोहब्बत।

जीवन ही नहीं स्कूल के सारे बच्चों, रिश्तेदारों और पड़ोसियों को ख़ासा भोंदू लगता था मोहसिन। हमेशा अपनी दुनिया में गुम। बात-बात पर रो दे ऐसा वह मोहसिन किसी का इश्क़-ए-अव्वल बन जाए तो थोड़ी हँसने लायक़ बात है भी।

तो अगर जीवन की हँसी नहीं रुक पा रही थी, इसमें अचरज क्या? लेकिन चिंगी से अपने इश्क़ की बेक़द्री सही ना गई और वह गला फाड़ के रो पड़ी। जीवन सकते में आ गया। उसने कभी चिंगी को रोते नहीं देखा था। अब उसे मजबूर होना पड़ा थोड़ी-सी शराफ़त दिखाने पर। उसने गहरी साँस लेकर चिंगी को पानी पिलाया। फिर उसके सर पर वैसे हाथ फेरा जैसे किसी पपी या बिल्ली के बच्चे के सर पर फेरते हैं, और उसके बाद सुनी चिंगी के दिल की बात।

चिंगी थोड़ा सँभली तो जीवन ने उसे याद दिलाया कि कितना बेवक़ूफ़ है मोहसिन। ऊपर से चिंगी से डेढ़ साल छोटा भी है। चिंगी के नए-ताज़े, बाग़ी दिल ने इस उम्र के फ़ासले वाले ऑब्जेक्शन को मार गिराया- डेढ़ साल का फ़र्क़ भी कोई फ़र्क़ होता है? मोहसिन के बेवक़ूफ होने वाली बात को भी नज़रअंदाज़ कर दिया। अब जीवन क्या कर सकता था? कंधे उचका दिए और कहा, चलो यार यह भी करके देख लो।

उधर मोहसिन को तो ख़ैर कोई आइडिया ही नहीं था कि चिंगी को उससे बहुत ही ज़ोर का प्यार हो गया है। उसकी ज़िंदगी जैसे चल रही थी चलती रही। पर चिंगी बेचैन हो उठी थी।

स्कूल में गरमी की छुट्टियाँ चल रही थीं। इसीलिए अब अक्सर चिंगी शाम को सरताज कंपाउंड के बाहर टहलती नज़र आने लगी जहाँ मोहसिन रहता था। शाम के वक़्त मोहसिन बाक़ी कॉलोनी के बच्चों के साथ बैडमिंटन खेलता था।

जब यह बात चिंगी ने श्री अंकल को बताई थी तब उन्होंने कहा था, "ओह, आइ सी! ढल गया दिन ढल गई रात टाइप का सीन है कुछ?"

चिंगी ने रात भर यह गाना यूट्यूब पर देखा और बेमतलब हँसती और शरमाती रही। श्री अंकल यानी कि रिटायर्ड मेजर श्रीधर चौधरी जो चिंगी की मम्मी के दोस्त थे।

वह दिन था और आज का दिन है, जब भी चिंगी शटल कॉक की आवाज़ सुनती है तो एक सिहरन-सी गुज़र जाती है उसकी गर्दन के पिछले हिस्से पर।

और इक आवाज़ बीते समय का सीना चीर के सुनाई देती है, "दीदी... ओ चिंगी दीदी, ज़रा साइड पर हो जाओ।"

इससे पहले कि चिंगी को मोहसिन के उसे दीदी पुकारने पर ऐतराज़ होता, उसे होश आया कि वह ठीक बैडमिंटन कोर्ट के बीचों-बीच मुँह खोले खड़ी थी। मोहसिन और पड़ोस वाले बच्चों ने ख़ास ध्यान नहीं दिया चिंगी की इस पगलैट हरकत पर। वे लोग अपने मैच पॉइंट गिनने में व्यस्त थे।

पर इस वाक़ये का चश्मदीद गवाह था जीवन। वह हँस-हँसकर अपना ख़ून बढ़वाना चाहता था या उसे सचमुच चिंगी की चिंता थी यह तो पता नहीं, लेकिन वह चिंगी का पीछा हर शाम करता था।

उसने देखा था कैसे चिंगी का चेहरा लाल हो गया था दीदी के संबोधन से। वह कैसे घर भाग गई थी। और फिर पूरे तीन दिन घर से बाहर नहीं निकली।

तीन दिन चिंगी से ना मिलने पर जीवन इतना बोर हो गया कि उसे चिंगी को ज़बरदस्ती उसके कमरे से बाहर निकालने के लिए उसके घर जाना पड़ा। जब तक चिंगी की नानी दोनों के लिए तरबूज़ का रस लेकर आई, जीवन उसे हँसाने की कोशिश करता रहा। पर चिंगी को किसी बात पे हँसी नहीं आई। तो अब जीवन ने एक हाथ से चिंगी की बाँह पकड़ी और दूसरे हाथ में जूस का गिलास और उसे खींचते हुए छत पर ले गया।

और दोनों गिलासों का जूस पीकर, डकार लेने के बाद उसने चिंगी से पूछा कि आख़िर वह चाहती क्या है?

जिस अंदाज़ में एक वक़्त शाहजहाँ से यही सवाल पूछे जाने पर उन्होंने ताजमहल बनवाने की इच्छा ज़ाहिर की थी, बस ठीक उसी अंदाज़ में चिंगी जी ने फ़रमाया, "क्या चाहूँगी? बस मैगी खाना चाहती हूँ। उसके साथ एक ही बोल (कटोरे) में।"

इस अंदाज़ पर जीवन की आँखें उसी तरह गोल-गोल घूमीं जैसे कि राजेश-विवेक की किसी तांत्रिक वाली पिक्चर में घूमा करती थीं।

ख़ैर, इस साथ-साथ मैगी खाने के प्लान को कार्यान्वित करने के लिए एक बात बेहद ज़रूरी थी- मोहसिन को अब बता दिया जाए कि वह अब महज़ एक बैडमिंटन खेलने वाला, मुँहासों से भरे चेहरे वाला एक आम लड़का नहीं है, बल्कि शहज़ादा गुलफ़ाम बन चुका चुका है।

और यह बात बताने के लिए चिंगी को मोहसिन से कहीं पर मिलना ज़रूरी था। और सीधी-सी बात थी जीवन चाहे जितना भी चिंगी का मज़ाक़ उड़ा ले, लेकिन इस काम में उसकी मदद बहुत ज़रूरी थी। पर जीवन ने कर दिया साफ़-साफ़ इंकार। कारण कोई ख़ास नहीं था, जीवन को मज़े लेने थे बस।

पर जीवन अगर प्रेम के पथ में रोड़े अटकाए तो भगवान को अपने भक्तों की मदद करनी ही पड़ती है। और एक नहीं दो-दो भगवानों ने मदद की चिंगी की। अगस्त का महीना था। पहले आई ईद। और चार दिन बाद जन्माष्टमी।

पूरी सज-धज के साथ चिंगी ईद की सुबह जीवन के घर जा पहुँची। जीवन सो रहा था। चिंगी इधर से उधर परेशान-सी घूम रही थी।

जब घर के बड़ों ने उसे इधर से उधर ख़ाली-ठाली घूमते देखा तो जो वहाँ से गुज़रता उसके हाथ में कोई काम थमा जाता। इतना काम चिंगी ने शायद ही कभी अपने घर में भी किया होगा। पर क्या करें एस्ट्रोजन का उबाल जो करवाए, सो कम है। अगर सोहनी घड़े बना सकती थी तो क्या चिंगी डेढ़ किलो प्याज़ नहीं छील सकती थी?

चलो काम भी कर लेती वह अपने सपनों में खोई-खोई। पर जीवन ने यह भी ना होने दिया। उसकी रनिंग कमेंट्री लगातार चालू थी।

"ओ मेरे प्यारे मोहसिन...ये प्याज़ के छिलके नहीं हैं, तुम्हारे बदन के कपड़े हैं, जो मैं हौले-हौले..." या फिर, "मोहसिन मेरी जान। यह टेबल मैट नहीं है, मेरी पलकें हैं जो तुम्हारे इंतज़ार में मैं बिछा रही हूँ।"

कमेंट्री सिर्फ़ शब्दों तक सीमित नहीं थी। साथ में 'ओ...ओ...ओ...आह...आँह...ऊँह...ऊँह' क़िस्म के साउंड इफ़ेक्ट्स भी चालू थे।

जीवन की सितारा बुआ को किचन में इतनी सारी बक-बक अच्छी नहीं लग रही थी तो उन्होंने भीगे बादामों का डोंगा पकड़ा दिया दोनों को।

लगभग आधा किलो बादाम थे और उन्हें छीलना था। उसके बाद पतली-पतली कतलियों में काटना भी था।

सबसे पहले तो जीवन ने एक-एक गिनकर दो ढेरियाँ बनाईं, ताकि ग़लती से भी एक एक्स्ट्रा बादाम उसके हिस्से में ना आए। चिंगी बेचारी दो घंटे से कामों में लगी थी, एक और काम देखकर उसका दिल बैठ गया। लेकिन अगर अक्षय कुमार ट्रकों से कूद सकता था अपनी हीरोइंस के लिए और विवेक ओबेरॉय रेल की पटरियाँ पार कर सकता था रानी मुखर्जी के लिए, तो कोई कारण नहीं था कि चिंगी जी प्यार में कुर्बानियाँ नहीं दे सकती थी। हालाँकि उसने इस नाइंसाफ़ी के ख़िलाफ़ भगवान तक कम्प्लेंट पहुँचानी चाही, लेकिन कम्प्लेंट जीवन ने बीच ही में

इंटर्सेप्ट कर ली। उसने एक फ़ोर्क टेबल पर ज़ोर से मारा और पूछा, "अलख निरंजन! बोलो बेटी, क्या माँगना चाहती हो?"

चिंगी अपनी मनोकामना बता पाए इससे पहले उसे मेज़पोश पर जीवन की इस नाटकीय हरकत से उछलकर गिरे पानी के छींटे दिख गए। यह देखकर चिंगी की आँखों में आँसुओं का सैलाब आ गया।

इन आँसुओं की वजह थे जीवन के पापा, रोशन अंकल। रोशन अंकल नफ़ासत के कुछ इस तरह क़ायल थे कि उनके बारे में सारे शहर, रिश्तेदारों, दोस्तों और यहाँ तक कि कपड़ों के शोरूम्स भी में यह मशहूर था कि "रोशन भाईसाहब को तो नफ़ासत की नफ़सियाती बीमारी है।"

कम से कम आठ बार अंबाला के गारमेंट्स की दुकानों में काम करने वाले लड़के-लड़कियाँ हड़ताल पर जा चुके थे। रोशन अंकल जिस दुकान में जाते, मानो जैसे बेख़ुदी के आलम में सारे कपड़े और फ़ैब्रिक रंगों के हिसाब से अरेंज करने लगते। अब उन्हें किसी भी दुकान के अंदर घुसने की सख़्त मनाही थी। इन्हीं ख़ब्ती रोशन अंकल की देखरेख में कुल साढ़े तेरह मिनट में बिछाए थे चिंगी ने ये सारे टेबल मैट।

चिंगी के आँसू बहने शुरू होते, उससे पहले ही जीवन को उस पर तरस आ गया। उसने तुरंत अपने छोटे भाई जगत को बुलाया और उसके कुछ राज़ अम्मी और बाबा के सामने पर्दाफ़ाश करने की धमकी दी और कहा कि इस मेज़पोश पर अच्छे से प्रेस करके ले आओ। कोई बहुत ही भयंकर राज़ हुए होंगे जगत के कि उसने अपने भाई को बस ढाई-पौने चार गालियाँ तो सुनाईं, लेकिन टेबल मैट लेकर चला भी गया।

जीवन ने प्यार से पेपर टिश्यूज़ से चिंगी के आँसू पोंछे और कहा कि "ख़ाक डले जीवन के जीवन पर अगर उसने आज चिंगी को मोहसिन से नहीं मिलवाया तो। चाहे उसे इसके लिए अपना जीवन ही क्यूँ ना गँवाना पड़े।"

जीवन को अपने नाम से, अँग्रेज़ी में जिसे पन कहते हैं और हिंदी में श्लेष अलंकार, वह करना बहुत पसंद था।

उसने अपने हिस्से के बादामों की ढेरी चिंगी की ओर सरकाई और एक बहुत ही वाजिब-सा सौदा पेश किया। जीवन के हिस्से के हर

पंद्रह बादाम जो चिंगी छीलेगी और कतरेगी, उसके बदले में वह एक डिजिट मिलाएगा मोहसिन के घर के फ़ोन का। पंद्रह बादाम और छील देगी तो वह फ़ोन मिला भी देगा। और बस सिर्फ़ पंद्रह और छील देगी तो मोहसिन को फ़ोन पर बुला भी देगा। और बाक़ी जो बच जाएँगे उनके बदले उसे जल्द से जल्द यहाँ पहुँचने का ऑर्डर भी दे देगा।

जब तक जीवन चिंगी को यह कह रहा था कि "तुम दोस्त हो मेरी यार! तुम्हारे लिए इतना तो कर ही सकता हूँ", तब तक जगत कमरे में आ चुका था। जीवन के चेहरे के हावभाव से जान गया कि कोई कुटिल चाल चल रहा है उसका भाई। इन चालों से जगत का बचपन से ही गहरा नाता था। उसने टेबल मैट सलीक़े से बिछाए और अपनी सारी सहानुभूति बटोरकर चिंगी से कहा, "जीवन जो भी कह रहा है ना, बिलकुल मत करना चिंगी दीदी!"

चिंगी इस अकस्मात सहानुभूति से ज़रा पिघली तो थी पर 'दीदी' सुनकर उसने जीवन पर आया सारा गुस्सा बेचारे जगत पर उतार दिया और चिढ़कर पूछा "दीदी? दीदी! क्यूँ बोलते रहते हो तुम सब लोग मुझे दीदी?" पर आख़िर तक आते-आते उसका गुस्सा, रोने में बदल गया और वह एक और बार बुक्का फाड़ के रो पड़ी। जीवन ने सबसे पहले अपने भाई के भौंचक्के चेहरे के सामने चुटकी बजाई। फिर अपनी बाँह ऊँची उठाकर किसी बादशाह की तरह से तख़लियाँ कहा। फिर चिंगी से पूछा, "पागल तो नहीं हो गई हो? इसे पता चल गया कि ये आँसू क्यूँ बहा रही हो तो सारे शहर में ढिंढोरा पीट देगा। अपनी नहीं तो मेरी रेप्युटेशन का तो ख़याल करो यार।"

अब तक चिंगी की हिम्मत ज़रा लौट चुकी थी। उसने मोल-भाव करके हर दस बादाम के बदले एक डिजिट का सौदा पटा लिया था।

अब बेचारी ने इतनी मेहनत की, लेकिन दीदार-ए-यार हुआ कि नहीं, यही जानना चाहते हैं ना आप?

तो सुनिए, हुआ भी और नहीं भी। जब चिंगी के पापा उसे घर वापस ले जाने लिए आए तब तक तो मोहसिन पहुँचा ही नहीं था। अपने थके हाथ और उससे भी ज़्यादा ख़स्ताहाल दिल को समेटकर चिंगी कार

तक पहुँची ही थी कि मोहसिन की अम्मी, सलमा की कार ज़ोर से उनके पास आकर रुकी।

चिंगी को मोहसिन को देखकर रंग-बिरंगी तितलियाँ उड़ती दिखतीं, वायलिन की आवाज़ आती, उससे पहले ही धड़ाम की आवाज़ आई। और बेचारे मोहसिन को दिन में तारे नज़र आ गए।

मियाँ मोहसिन कार से पहला क़दम बाहर रखते ही औंधे मुँह गिर पड़े थे। उसकी छोटी बहन आमना ने कार में ही भाई के जूतों के फ़ीते एक साथ बाँध दिए थे। और क्यूँकि मोहसिन की नज़र अपने वीडियो गेम से कभी हटती तो थी नहीं, उसे पता ही नहीं चला।

चिंगी अब तक बहुत पिक्चरें देख चुकी थी। वह जानती थी कि यही वह पल है जब उसका रेशमी दुपट्टा हवा में उड़े, बाल बिखर जाए और वह दौड़ती-भागती मोहसिन के पास जा पहुँचे, उसे हौले से उठाए। फिर दोनों एक-दूसरे की आँखों में देखें और एक साथ कहें, "मैगी खाने चलें?"

पर ऐसा कुछ भी नहीं हुआ। पहली बात तो यह कि उसके बाल कस के एक पोनीटेल में बँधे थे। दूसरी बात यह कि उसने जींस के साथ फ़िडो डीडो वाली टीशर्ट पहन रखी थी, जो ख़ासी अनरोमांटिक-सी पोशाक थी।

मोहसिन ख़ुद ही बड़बड़ाता हुआ उठा। अपनी हँसती हुई बहन को एक धौल मारी। अपनी जान से भी प्यारे वीडियो गेम के ऊपर से धूल झाड़ी और बग़ैर इधर-उधर देखे अंदर चला गया।

तीन घंटों से पाला-पोसा सपना, यूँ चकनाचूर होते हुए चिंगी देख ही रही थी कि उसे जीवन की आवाज़ सुनाई दी। पलटकर देखा तो जीवन, चिंगी के पापा को एक डब्बा पकड़ा रहा था और बोल रहा था, "शीर खुरमा ज़रूर खाइएगा अंकल। मैंने बहुत मेहनत से बादाम छीले थे।"

चिंगी के पापा ने डब्बा पकड़ा और चिंगी के कंधे को हिलाकर कहा, "देखो जीवन को। सीखो इससे कुछ! कितना काम करता है! और एक तुम हो।"

जीवन ने अपना सबसे शरीफ़ चेहरा बनाकर कहा, "अरे रहने दीजिए अंकल। सीख जाएगी। मेरी शागिर्दी में सब सीख जाएगी। ओके अंकल। नमस्ते। बाय चिंगी, टेक केयर!"

बेचारी चिंगी क्या करती? अपने वॉकमैन पर 'यह ना थी हमारी क़िस्मत कि विसाल-ए-यार होता' सुनते हुए एक और प्लान बनाने लगी। चार दिन में जन्माष्टमी की पूजा थी कुलसुम के घर में। फिर से मोहसिन से मिलने की गुंजाइश थी।

तो किसी तरह चार दिन बीते और जन्माष्टमी का दिन भी आ पहुँचा।

तीन रातों से चिंगी परेशान थी। किसी से आख़िर कैसे करते हैं प्यार का इज़हार?

चिंगी को याद आई हेमा मौसी की। चिंगी को अक्सर कहा जाता था कि वह बिलकुल अपनी हेमा मौसी पर गई है। धीमे-धीमे मुस्कराते रहो और हौले-हौले बात करो- यह ना तो हेमा मौसी को पसंद था और ना ही चिंगी को।

हेमा मौसी की कॉलेज की पढ़ाई और जॉब दोनों दिल्ली में हुए थे। और बाक़ी सब लोगों की तरह वह ऑटोरिक्शा वालों से ख़ासी परेशान थी। यह दिल्ली में मेट्रो के आने से पहले का समय था। शहर में ऑटोरिक्शा का आधिपत्य था।

तो जहाँ मन आए वहाँ रिक्शा रोककर रिक्शे वाले सिगरेट पी रहे होते थे या खैनी मसल रहे होते थे। इस स्टीरियोटाइप से अलग कुछ रिक्शे वाले अख़बार भी पढ़ते थे। जिनके पास मोबाइल फ़ोन की सुविधा थी वे फ़ोन पर बतिया रहे होते थे। कभी-कभी अपने रेडियो पर गाने सुन रहे होते थे, जिससे नीचे दिए गए विवरण को बैकग्राउंड म्यूज़िक भी मिल जाता था।

सबसे पहले आप रिक्शे की साइड खड़खड़ाकर रिक्शे वाले का ध्यान आकर्षित करते हैं। फिर वह आपको ऊपर से नीचे देखकर आपकी औक़ात तोलता है। ट्रैफ़िक और गरमी से परेशान आप अपना पहला सवाल दाग़ देते हैं।

“भैया, लाजपत तक चलोगे?”

“मार्केट? या नगर?”

“नगर!”

“ठीक है चलो बैठ जाओ।”

“मीटर से चलोगे ना?”

‘कभी ख़ुशी कभी ग़म’ पिक्चर की ‘पू’ की तरह वह रिक्शे वाला अपना सिर ख़ास अंदाज़ में झटकता और लापरवाही से कहता, “ढाई सौ रुपए।”

आप इस समय होते किदवई नगर में। यानी बस चार किलोमीटर दूर। हाथ थैलों के बोझ से दर्द कर रहे होते। आप गुस्से से बोल उठते, “ठीक-ठीक लगाओ। कुछ भी बोलोगे क्या? दो क़दम की दूरी पर तो है।”

रिक्शा वाला हँसते हुए कहता, “तो बढ़ा लो दो क़दम।” और रेडियो पर अपनी पसंदीदा फ़्रिक्वेंसी की तलाश में डूब जाता। डेढ़ ही सेकंड में वह आपके समूचे अस्तित्व को नकार चुका होता था।

आप अपनी इज़्ज़त बनाए रखने की ख़ातिर बोलते, “चलो यार, बढ़ा लो दस-पंद्रह रुपए। पचहत्तर की जगह सौ ले लो?”

वह अँगूठा दिखाकर इल्ले-इल्ले का जेस्चर करता।

अब टाइम आता है वह दिखाने का जो एकता कपूर के सीरियल्स ने इतने प्यार से सालों-साल सिखाया है आपको।

आवाज़ भर्रा जाती आपकी। अपने जेंडर और उम्र के हिसाब से आप रिक्शे वाले से इंसानियत को गुहार लगाते।

जैसे कि ‘आज इंटरव्यू है भैया/घर पर बच्चे खाने के इंतज़ार में हैं/स्कूल में देर हो जाएगी’ और सबसे अचूक अस्त्र- ‘दवाख़ाने से आ रहे हैं दवाई लेकर, प्लीज़ चलो’। इस तरह ड्रामे से मजबूर रिक्शे वाले के साथ सौदा डेढ़ सौ रुपए में तय हो जाता!

यह सीन सिर्फ़ दो सूरत-ए-हाल में बदला जा सकता था। या तो आपकी बुआ, मामी, चाचा, पिताजी वग़ैरह विधायक हों और आप बस

शौक़िया तौर पर ऑटो रिक्शे जैसी तुच्छ सवारी में सफ़र कर रहे हों। यह कम ही होता था वैसे।

और दूसरा तरीक़ा था 'हेमा मौसी स्पेशल'। हालाँकि हेमा मौसी ने भी किसी से सीखा होगा और उस किसी को मजबूरी ने सिखाया होगा, लेकिन चिंगी के परिवार वाले इसे 'हेमा मौसी स्पेशल' ही कहते थे।

इस तरीक़े में आप रिक्शे के पास रुकते हैं। ज़ोर से मीटर पर हाथ मारते हैं और एकदम नो नॉनसेंस आवाज़ में पूछते हैं, "मीटर चालू है कि नहीं?" और इससे पहले कि रिक्शा वाला पलटकर देखे, आप सीट पर बैठ चुके होते हैं। अब वह यह भी समझ चुका है कि आपका पूछा हुआ सवाल, सवाल नहीं था एक चेतावनी थी। और इससे पहले कि वह मुँह से 'चूँ' भी निकाले, आप इशारे से बोलते हैं, "चलो बढ़ाओ रिक्शा।"

रिक्शे वाले को इस व्यवहार की उम्मीद बिलकुल भी नहीं होती। वह 'एक बार में दिल नहीं लगता, मुड़ के देख मुझे दोबारा' स्टाइल में फिर पीछे देखता। आपकी चढ़ी त्योरियों को देखकर घबरा जाता। फिर रिक्शा बढ़ा ही देता।

कुछ-कुछ रिक्शे वाले ढीठ भी होते। मीटर से चलना उनकी शान के ख़िलाफ़ होता! तो वे बिना कुछ कहे सर हिला देते, इस ड्रामे के बावजूद। आप अगर कमज़ोर या आलसी हुए तो आप ज़ोर से गला फाड़कर रो सकते थे। और अगर ढीठ और हिम्मती तो कड़ी आवाज़ में कह सकते थे, "ठीक है भैया, यही करना चाहते हो तो फिर चलो थाने।" यह नुस्खा आज तक फ़ेल नहीं हुआ था।

यही तरीक़ा हेमा मौसी ने आगे चलकर बॉयफ्रेंड्स, बाक़ी दोस्त, सास, ससुर, सहकर्मियों और बॉसेज़ के साथ भी सफलतापूर्वक अपनाया और हमेशा अपना मनचाहा परिणाम पाया।

पिछली गरमी की छुट्टियों में हेमा मौसी ने यही समझाया था चिंगी को, "देख बिटिया, प्यार हो जाए, चाहे किसी लड़के से या किसी लड़की से, दिल में बात दबाना मत। एसिडिटी हो जाएगी। सीधे-सीधे पूछ लेना मीटर चालू है क्या? और हाँ तो हाँ। और अगर ना हुआ तो आगे बढ़ जाना।"

चिंगी ने पूछा भी था, "आगे बढ़ जाना? अच्छा? ख़ुद तो रिक्शे में बैठ जाती हो।"

हेमा मौसी ने समोसा कुतरते हुए कहा था, "हाँ, इंसान और ऑटोरिक्शे में थोड़ा तो फ़र्क़ होता है। और यह जो सिखाया है ना, वह ईमानदार रिक्शे वालों के साथ नहीं करना होता है। उनकी इज़्ज़त करो हमेशा। पर टेढ़े लोगों के साथ टेढ़े रहो। ठीक है?"

आज चिंगी को वही सलाह याद आई। वह सीधे-सीधे बोल देगी, 'प्यार हुआ है बड़ा ज़ोर का, जल्दी से मैगी खाने चलो।' बस चिंगी ने यहीं तक सोचा। इससे ज़्यादा सोचकर वह अपनी क़िस्मत को आइडियास नहीं देना चाहती थी।

यह बात तय थी कि यह सब आज के आज ही होना ज़रूरी था!

उसी रात को अपर्णा नाम की एक क्लासमेट के घर स्लीप ओवर था। जो लड़की यह कॉम्प्टीशन जीत जाती वह आज के स्लीप ओवर की स्टार बन जाती। वैसे इन लड़कियों में कुछ ऐसी भी थीं जिन्हें मन ही मन लड़के नहीं लड़कियाँ पसंद थीं। और कुछ ऐसी, जिन्हें लड़के और लड़कियाँ दोनों। और कुछ ऐसी जिन्हें प्यार-व्यार में कोई रुचि थी ही नहीं पर ऊपर-ऊपर से कुछ कहती नहीं थीं। ख़ैर, बाक़ी लड़कियों की तरह चिंगी भी चाहती थी कि वही उस कॉम्प्टीशन को जीते।

मोहसिन के साथ आज ही सब सेट हो गया तो आज के स्लीप ओवर की हीरोइन बन सकती थी वह।

सबसे ज़रूरी बात यह थी कि इस प्लान की भनक भी जीवन को नहीं पड़ने देनी थी। जीवन रास्ते में रोड़े ना भी अटकाता तो चिढ़ा-चिढ़ाकर उसका उत्साह और आत्मविश्वास तो कम कर ही देता।

चिंगी के नाना ने जैसे ही उसे कुलसुम की बिल्डिंग में ड्रॉप किया, वह गैराज में छुप गई। उसका इरादा था कि मोहसिन को जैसे ही देखे, उसे एक साँस में ही, बिना कुछ रीऐक्ट करने या कहने का मौक़ा दिए बग़ैर, अपने दिल का हाल बता दे।

गैराज की धूल, मिट्टी, ग्रीज़, मक्खी, मच्छर, गरमी व़ौरह का बहादुरी से सामना करते हुए चिंगी को पंद्रह मिनट हो चुके थे। फिर उसे ख़याल आया कि भला मोहसिन को कैसे पता चलेगा कि वह यहाँ गैराज में है। पर चिंगी कैसे बुलाती मोहसिन को?

उसने सामने नज़र दौड़ाई। डॉग वॉकर रश्मि दीदी, प्रेसवाले बिरजू भैया, लिफ़्ट ऑपरेटर मनप्रीत अंकल...पर किससे कहे और क्या कहे।

तभी उसे नज़र आई विटोरिया अम्मा यानी मोहसिन और कुलसुम की नानी और जीवन की दादी!

थोड़ा मुश्किल हो गया ना यह समझना?

तो सुनिए। विक्टोरिया अम्मा के तीन बच्चे थे। सबसे पहले था बेटा रोशन। रोशन की शादी हुई थी इंदु से। इन दोनों के दो बेटे थे- जीवन और जगत।

फिर अम्मा की थीं दो जुड़वाँ बेटियाँ, सलमा और सितारा।

सितारा की शादी हुई यासेर से। इन दोनों की दो बेटियाँ थीं- रेहाना और कुलसुम। और तीसरी बेटी सलमा की शादी हुई थी, सिद्धेश से। ये दोनों थे मोहसिन और आमना के अम्मी और डैडी।

विक्टोरिया अम्मा के बारे में सुना है कि वह तमिलनाडु की किसी प्रोविंस के राजसी घराने से ताल्लुक़ रखती थी। चाहे ना भी रखती हो, पहनती तो हमेशा बेशक़ीमती पोचमपल्ली और कांजीवरम रेशमी साड़ियाँ। साथ में रहता था एक गहरे बैंगनी रंग का वेल्वेट, चौकोरनुमा पर्स जिस पर मूँगे के पत्थर और मोतियों का डिज़ाइन बना था। शहर में सबकी नज़र रहती थी उस पर्स पर। सबको विश्वास था कि उसमें ज़रूर कई लाख रुपए, गहने या बैंक लॉकर की चाभियाँ होंगी। लेकिन सिर्फ़ बच्चों को पता था उस पर्स का राज़।

विक्टोरिया अम्मा को हाई ब्लड प्रेशर था। खाने में परहेज़ बरतने को कहा गया था। कर भी लेती थी वह परहेज़। लेकिन अंबाला कैंट के सर्राफ़े बाज़ार में एक टिक्की वाला था। उसकी दुकान की टिक्कियों की ख़ुशबू और स्वाद के सामने वह मजबूर थी। अब अम्मा के

ख़ुद के बच्चे, रोशन, सलमा और सितारा तो यह सब उसे खाने नहीं देते थे। तो उसे एक दूसरा तरीक़ा निकालना पड़ा। वह स्कूल के बच्चों का कोई छोटा-मोटा काम, जैसे रिपोर्ट कार्ड में साइन कर देना, किसी का मैसेज इधर-उधर दे देना, यह सब कर देती थी। बदले में उस बच्चे को विक्टोरिया अम्मा को टिक्की खिलानी पड़ती।

तो चिंगी ने भी यही किया। उनसे आलू टिक्की खिलाने के बदले में अपना मैसेज चुपके से मोहसिन के कान में जाकर बताने की दरख़ास्त की। अब चिंगी के पास रुपए तो थे नहीं फ़िलहाल। उसने क्रेडिट नोट से काम चलाया। काग़ज़ की पर्चियाँ और पेन अम्मा हमेशा अपने साथ लेकर चलती थी।

यह बात तो चिंगी बहुत सालों बाद समझेगी कि अम्मा असल में टिक्कियों के लिए नहीं, बच्चों की मदद करने के लिए यह क्रियाकलाप चलाती थी। इसी बहाने बच्चे, माता-पिता की डाँट से दूर, एक ज़िम्मेदार व्यक्ति के साथ अपने मन की ख़्वाहिशें और परेशानियाँ साझा कर पाते थे।

ख़ैर, चिंगी यह बात जब समझेगी तब समझेगी। आज चिंगी के दिमाग़ में मोहसिन के अलावा कोई और ख़याल था ही नहीं। जब अम्मा ने अपना पर्स खोला चिंगी का क्रेडिट नोट रखने को तो चिंगी ने देखा कि 15-20 क्रेडिट नोट वहाँ पहले से मौजूद थे। ख़ैर, चिंगी ने अपनी हैरानी को भुलाकर कहा, "अम्मा, मोहसिन को बोल दो ना, वह ब्लैक वाली कार है ना, बुलेट मोटर बाइक के पास, वहाँ मैंने एक पपी की कूँ-कूँ सुनी है। और इससे पहले कि कोई और उसे देखे, मुझे मोहसिन को दिखाना है।"

अम्मा "श्योर एंजल" बोलकर ऊपर चली गई। उन्हें किसी बात पर शक नहीं हुआ। सब जानते थे मोहसिन पपीज़ और किटेंज़ का नाम सुन के बौरा जाता था। अपना वीडियो गेम तक छोड़ देता था। पर उसकी अम्मी सलमा बेचारी को दमे की बीमारी थी, तो वे लोग पाल नहीं सकते थे पपी। मोहसिन सड़क के लावारिस पपीज़ और किटेंज़ पर अपना सारा प्यार- दुलार लुटाता था।

विक्टोरिया अम्मा चली गईं और चिंगी के दिल की धड़कन तेज़ हो गई।

इस तरह इंतज़ार करते चिंगी को बहुत देर हो चुकी थी, लेकिन मोहसिन जाने कहाँ रह गया था। आख़िरकार, उसे किसी के भाग कर गैराज में आने की आवाज़ सुनाई पड़ी। मोहसिन इतनी तेज़ी से भाग कर आया था कि नीचे ही गिरने वाला था। चिंगी उसकी मदद करने को आई तो मोहसिन ने उस पर एक सरसरी-सी निगाह डाली, हेल्लो बोला और पपी को ढूँढ़ने लगा। पर कहीं पपी का नामोनिशाँ ना मिला।

5-7 मिनटों में ही मोहसिन इतना परेशान हो उठा कि चिंगी को अपनी घबराहट पर क़ाबू करके कहना पड़ा,

"कोई पपी-वपी नहीं है यहाँ पर। वह असल में... मैंने ...विक्टोरिया अम्मा को तुमसे झूठ बोलने को कहा था। तुम्हें यहाँ नीचे बुलाने के लिए।"

मोहसिन इस धोखे पर ख़ासा नाराज़ हो गया। यह कोई पहली बार तो था नहीं कि उससे ऐसा झूठ बोला गया हो। कभी दोस्त, कभी मम्मी-पापा, कभी भाई-बहन या कज़िन उससे यही झूठ बोलकर कुछ भी करवा लेते थे। ख़ासकर जीवन ने तो अपने कितने उल्लू साधे थे इस झूठ पर। और चिंगी? वह तो मोहसिन की दोस्त भी नहीं थी। बस उसके कज़िंस कुलसुम और जीवन की दोस्त थी। उसकी इतनी हिम्मत?

मोहसिन चिढ़कर बोला, "क्यूँ? क्यूँ बोला आपने ऐसा झूठ? आपको पता है ना कि मुझे किटेंज़ और पपीज़ से कितना प्यार..."

चिंगी ने उसकी बात झट से काटते हुए एक साँस में कह दिया, "तुम्हें जितना प्यार है ना पपीज़ से। उतना मुझे- तुमसे! आई लव यू मोहसिन!"

बोलते ही चिंगी को महसूस हुआ कि ओ शिट! यह तो बहुत ज़्यादा बोल दिया उसने।

लाइक भी नहीं, सीधे लव! वह इस बात को सँभालने को आगे कुछ बोलने ही वाली थी कि उससे पहले ही मोहसिन ने कानों पर हाथ

रखा और ज़ोर से चिल्लाया, "ईईईक्स यक्क्क्क्क। सो ग्रोस... छी छी छी!"

इस किताब को पढ़ने वाले अगर वयस्क हो चुके हैं तो यह बात आसानी से समझ सकते हैं कि मोहसिन ना तो कोई क्रूर बच्चा था और ना ही बदतमीज़! उस उम्र यानी तेरह-चौदह साल के लड़के लड़कियाँ अक्सर प्यार-मोहब्बत की बातें सुनकर ऐसी ही प्रतिक्रिया देते हैं।

पर बेचारी चिंगी ही कौन-सी प्रेम की पक्की, मँजी खिलाड़ी थी? इस उम्र में उसे थोड़े ही पता था कि दूसरों की किसी भी प्रतिक्रिया को आप अपने पर हावी होने दें या नहीं, यह सिर्फ़ आपका निर्णय होता है। उसका तो पहला प्यार था, पहला निवेदन। उसके तो वहम-ओ-गुमाँ में भी नहीं था कि यह भी हो सकता है! वह चुप खड़ी रही। आगे कुछ ना बोल पाई।

मोहसिन अभी भी बहुत ग़ुस्सा था। वह बेचारा अपना गेम बीच में छोड़ के आया था। उसे पता था पीछे से आमना और कुलसुम उसका इतनी मेहनत से बनाया स्कोर फिर ज़ीरो पर ला देंगी।

"आपको प्यार है तो मैं क्या करूँ?"

चिंगी ने हिम्मत जुटाते हुए कहा, "मैगी खाने चलो मेरे साथ..."

मोहसिन लाख बेवक़ूफ़ था और अपनी दुनिया में खोया रहता था, लेकिन किसी के साथ मैगी खाने के क्या मायने होते हैं इस शहर में, वह भी जानता था। उसे चिंगी का क्रश बनकर ज़रा भी ख़ुशी नहीं हुई बल्कि और झल्ला गया। पर बोला इतना ही, "पागल तो नहीं हो गई हो आप? आपने ऐसे कैसे मुझे झूठ बोल के यहाँ बुलाया?"

और चिंगी के टूटे हुए दिल की ज़रा भी परवाह ना करते हुए तेज़ी से मुड़ा और गैराज के दरवाज़े पर पहुँचा।

वहाँ वह आधा मिनट ठिठका, उसने कुछ सोचा और पलटा। पर इससे पहले कि चिंगी इसे राज और सिमरन का 'पलट-पलट' वाला सीन मान पाती, मोहसिन ने वहीं से चिल्लाकर पूछा, "आपको सच्ची में क्रश है क्या मुझ पर?"

चिंगी को मोहसिन का यूँ चिल्लाना तो नहीं भाया पर वह सिर हिलाते हुए बोली, "हाँ।"

मोहसिन कुछ क़दम और आगे बढ़ा और पूछा, "कितनी ज़ोर का क्रश है?"

चिंगी अपने 'पहला नशा पहला ख़ुमार' वाले मूड से तो निकल आई थी, लेकिन उम्मीद एकदम ही नहीं बिसराई थी उसके मन ने। वह बोली, "सुनो, इधर पास में आकर बात करो ना!" और फिर अचानक से खिलखिला के बोली, "बहुत ज़ोर का।"

मोहसिन कुछ और पास आया और चिंगी ने भी थोड़े क़दम आगे लिए।

एक तरफ़ हॉर्मोंस का ज़ोर था और दूसरी ओर अचानक से बहुत ज़ोर की बारिश शुरू हो गई। चिंगी और चहक उठी। अब तो मौसम भी इशारे दे रहा था।

मोहसिन और चिंगी एकदम आमने-सामने खड़े थे। चिंगी, मोहसिन से तीन इंच लंबी थी पर अभी कोई ज़्यादा अंतर मालूम नहीं पड़ रहा था।

गैराज की एक ओर की छत के कोने से हौले-हौले पानी झिर रहा था। उसी तरह वक़्त भी बहुत धीमे-धीमे सरक रहा था। चिंगी को कभी अपनी और कभी मोहसिन की पलकें झपकने का अहसास हो रहा था। बारिश के कारण हवा में हल्की-सी खुनक आ गई थी पर चिंगी को अपने गालों पर पिघलती-सी, मुलायम गरमाहट महसूस हुई।

चिंगी उस पल के जादू में ऐसे खो गई थी कि उसने मोहसिन का मुँह और होंठ खुलते तो देखे पर वह अपना सर टेढ़ा करके बस उसे देखती रही। फिर उसने देखा कि मोहसिन के माथे पर तो त्योरियाँ चढ़ रही हैं। और तब जाकर उसके होश-हवास लौटे।

उसने नरम-सी आवाज़ में पूछा, "क्या? क्या बोला तुमने?"

मोहसिन ने फिर अपना सवाल दोहराया। पर अबकी बार हर शब्द बहुत धीरे-धीरे से बोला जैसे कि या तो चिंगी पहली बार हिंदुस्तानी

भाषा सीख रही हो या अस्थायी तौर पर अपना मानसिक संतुलन गँवा बैठी हो।

"पीएसपी वाला गेम है ना आपके पास? वह दे दो मुझे। मैं एक बार आपके साथ मैगी खाने चलूँगा। और हाँ, पैसे आप ही दोगी। ओनली एक बार। ओके? अगर मेरी बात समझ में आ रही है तो पलकें झपकाओ। जवाब हाँ है तो एक बार और मेरी डील नामंज़ूर है तो दो बार।"

चिंगी की उड़ी हुई अक़्ल वापस लौट आई और बारिश भी अचानक से रुक गई। मौसम फिर से चिपचिपा हो गया। अब चिंगी के गालों पर कोई पिघलती गरमाहट नहीं बल्कि माथे से पसीना बह रहा था। डोपामाइन और ऑक्सीटोसिन से उभरे सारे तिलिस्म किसी अँधेरी गुफा में लौट गए थे।

उसने गुस्से से पूछा, "पीएसपी? तुम्हें मेरा पीएसपी चाहिए? मेरे साथ मैगी खाने के लिए?"

मोहसिन ने कंधे उचकाते हुए कहा, "हाँ! पूरी ज़िंदगी के लिए।"

चिंगी का चेहरा तमतमा उठा होगा क्यूँकि मोहसिन दो-तीन क़दम पीछे हो गया। पीटी क्लास की तरह जब दोनों के बीच एक हाथ का फ़ासला आ गया तो उसने कहा, "चलो... एक महीने के लिए ही दे दो बस!"

चिंगी को अब गुस्से के साथ रोना भी आ गया था। वह भर्राए हुए गले से बोली, "मैं तुमसे प्यार करती हूँ और तुम मुझसे मेरा गेम हथियाने की फ़िराक़ में हो?"

मोहसिन ने अपने अंदर छुपे सलमान ख़ान को पुकारा और टशन से बोला, "एक्सक्यूज़ मी! तो फ़्री में थोड़े ही माँग रहा हूँ। मेरी रेप्युटेशन नहीं ख़राब हो जाएगी एक इतनी बड़ी लड़की के साथ मैगी खाने में।"

मोहसिन ने 'इतनी' शब्द को भरपूर खींच के बोला था, जैसे चिंगी उससे डेढ़ साल नहीं 57 साल बड़ी हो!

चिंगी का दिमाग़ भन्ना गया। एक सेकंड को तो लगा कि कहीं वह मोहसिन पर हाथ ही ना छोड़ दे!

पर उसे अपनी ज़बान की मार पर ज़्यादा विश्वास था और उसने मोहसिन को भला-बुरा कहना शुरू किया।

"तुम ना दिमाग़ में घुसकर रेंगने वाले टेपवर्म हो। तुम्हारी ज़बान नीम के जूस जैसी है! तुम एकदम यक्की हो! तुम सेल्फ़िश जायंट हो!"

बहुत साल बाद चिंगी को यह बात कचोटेगी कि काश उसने क़ादर ख़ान के डायलॉग्स पर ध्यान दिया होता तो कम-से-कम उसके अपशब्द इतने बचकाने तो नहीं होते। पर ख़ैर, अभी तो जो सूझा, उसने कह डाला।

अब तक मोहसिन समझ चुका था कि पीएसपी तो उसे मिलने से रहा, तो उसने चिंगी के कहे शब्दों का बदला लेने की ठान ली। और उसने चिंगी से भी ज़्यादा ज़ोर से चिल्लाते हुए कहा, "आप तो हो ही पागल! आपका सारा ख़ानदान ही कितना वियर्ड है और...और...आप सब लोग इमॉरल हो।"

उसने अपने पड़ोस की आंटी, अंकलों की गॉसिप से जो सीखा था वह ज्यों-का-त्यों दोहरा दिया। उन लोगों की गुपचुप बातों से उसने अनुमान लगा लिया था कि यह शब्द किसी को गहरी चोट पहुँचा सकता है। उसने तो इस शब्द का मतलब डिक्शनरी में भी नहीं देखा था। किसी दिन वीडियो गेम खेलते-खेलते उसने किसी अंकल को अपने पापा से यह शब्द कहते सुना और वह उसके दिमाग़ में अटक गया था। और अभी फ़िलहाल बहुत काम आया। चिंगी एकदम से चुप हो गई।

चिंगी भी इस शब्द का भावार्थ तो अच्छे से नहीं समझती थी पर शब्दार्थ उसे उलझन में डालने के लिए काफ़ी था। यह बात उसके दिमाग़ से एकदम परे थी कि यह शब्द उसके परिवार पर कैसे लागू होता है? और अब चिंगी के सब्र का बाँध भी उसके दिल की तरह टूट गया। उसने इधर-उधर नज़र दौड़ाई। कचरे के डब्बे के पास गिरी प्लास्टिक की बॉटल उठाई और वहीं से खींचकर फेंकी मोहसिन की तरफ़। निशाना अच्छा था उसका। बॉटल ठीक मोहसिन के चेहरे से जा टकराई। चोट तो ख़ैर नहीं

लगी पर अपनी इज़्ज़त पर यह प्रहार चुपचाप सह जाने का क़ायल नहीं था मोहसिन।

“अब आप देखना कि क्या करता हूँ मैं!” वह धमकी देकर गैराज से बाहर दौड़ गया।

चिंगी ना चाहते हुए भी रो पड़ी। और फिर भाग कर सड़क पर आ गई। जो रिक्शा सामने दिखा उसमें बैठ गई और घर का पता बता दिया।

घर पहुँचकर दादी को कहा कि मेरे सर में बहुत दर्द है और मैं सोने जा रही हूँ। थोड़ा-सा और रोने के बाद चिंगी नींद में डूब गई।

शाम को सोकर उठी तो सबसे पहले उसने पोलिटिकल साइंस की नोटबुक निकाली। उसके आख़िरी पन्ने पर उसने मोहसिन के नाम के साथ ‘फ़्लेम्ज़’ किया था। जब तक ‘एम’ नहीं आया था वह अलग-अलग स्पेलिंग्स से कोशिश करती रही थी। उसी काग़ज़ को चिंगी ने बेदर्दी से टुकड़े-टुकड़े कर दिया। यह करते ही उसे थोड़ा हल्का महसूस हुआ।

तभी उसे मम्मी की आवाज़ सुनाई पड़ी, “बेटा, हम तुझे स्लीप ओवर के लिए अपर्णा के घर थोड़ा जल्दी ड्रॉप कर दें तो कोई दिक़्क़त तो नहीं होगी?”

चिंगी का दिल बैठ गया। स्लीप ओवर वाली बात तो उसके ज़ेहन से उतर गई थी।

चिंगी के चेहरे पर टेंशन झलक ही आई होगी। मम्मी ने पास आकर, प्यार से उसके माथे पर हाथ फेरा और पूछा, “अभी भी दर्द है सर में? मैं रुक सकती हूँ या कोई और?”

मम्मी, पापा, दादा, दादी, नाना, नानी और चाचा सबके सब कोई कॉन्सर्ट सुनने जा रहे थे। टेंशन के साथ गिल्ट भी जुड़ गया चिंगी के मन में। पूरे डेढ़ महीने से ये सब कॉन्सर्ट के इंतज़ार में थे और कल नानी का बर्थडे भी था। चिंगी ने जल्दी-जल्दी सोचा। यह मोहसिन वाली बात किसी को पता तो है नहीं। वह ख़ुद तो कुलसुम को बताएगा नहीं। उसने ख़ुद बोला था कि उसकी रेप्युटेशन का सवाल था।

हाँ, मूड थोड़ा ऐसा-वैसा हो रहा है लेकिन कोई नहीं। वह बाक़ी सब का प्लान ख़राब नहीं करना चाहती थी। स्लीप ओवर में चली भी जाए तो क्या फ़र्क़ पड़ेगा? और उसने मम्मी को हाँ कह दी।

थोड़ी ही देर में चिंगी ख़ुद तैयार होकर घर के बीच वाले कमरे में आकर बैठ गई। उसे बहुत सुकून मिल रहा था, अपने आसपास की चहल-पहल देखकर। टीवी पर इस समय 'दिल चाहता है' लगी हुई थी। चिंगी को महसूस हुआ कि चाहे थोड़ा ही सा क्यों ना हो, कुछ तो बदल गया है उसकी ज़िंदगी में। आज से पहले उसे 'जाने क्यूँ लोग प्यार करते हैं' वाले गाने में प्रीति ज़िंटा का नज़रिया ज़्यादा अच्छा लगता था। हल्का-सा, उम्मीद और मस्ती से भरा। पर आज पहली बार उसे आमिर खान का कड़वा फ़लसफ़ा ज़्यादा सटीक लगा- 'ज़हर क्यूँ ज़िंदगी में भरते हैं? जाने क्यूँ लोग प्यार करते हैं?'

आने वाले सालों में चिंगी बार बार सोचा करेगी कि काश! वह पौना घंटा कभी ना बीता होता। वक़्त बस वहीं थम जाता। जब सब कुछ वैसा था जैसा चिंगी ने बचपन से देखा था। शोर-शराबा, नोक-झोंक, प्यार और दोस्ती की बातें।

वहाँ दरवाज़े पर खड़े पापा और नाना खाने की किसी रेसिपी पर झगड़ रहे थे। दोनों को ही एक-दूसरे के खाने में नुक़्स निकाले बिना खाना हज़म नहीं होता था। मम्मी बताती है यहाँ तक कि उनकी शादी के वक़्त भी पापा मंडप से ग़ायब हो गए थे। वह हलवाई के सर पर खड़े होकर हलवा चख रहे थे और झींक रहे थे कि इलाइची कम है। हेमा मौसी उनको खींचती हुई वापस लाई थी। लेकिन तब तक नाना ग़ायब हो गए थे और पान लगाने वाली का दिमाग़ खा रहे थे।

ख़ैर, फ़िलहाल तो चिंगी ने मुस्कराते हुए देखा कि दादा ज़मीन पर बैठकर नानी की साड़ी की प्लीट्स ठीक कर रहे थे। पर नानी को दादी के सुनाए एक नॉनवेज जोक पर इतनी हँसी आ रही थी कि वह बार-बार हिल जाती और प्लीट्स भी खुलने लगती। नानी को साड़ी पहनना बहुत ही बेकार लगता था पर दादाजी की ज़िद पर पहनी थी। इसी शर्त पर कि प्लीट्स आप ही जमाइएगा फिर महेश जी! मेरे बस का नहीं है। दादी के

पास शैतानी भरी बातों का भंडार था और उनके जोक्स सुनकर हर उम्र के लोग शरमा जाते थे। हालाँकि चिंगी को नहीं सुनाए जाते थे ऐसे जोक्स पर उसे पता था कि दादी हर पार्टी की जान थी।

इस सबके बाद कार कौन चलाएगा इस पर बहस होने वाली थी। यह तो अच्छा है कि गाने आज चाचा की पसंद के चलने वाले थे। यह पहले से तय कर लिया गया था।

वैसे तो यह नज़ारा हमेशा दिखता रहता था चिंगी के घर में, पर आज कुछ बदला हुआ-सा, एकदम नया-नया सा लग रहा था। चिंगी का मूड अब लगभग अच्छा हो चुका था। ऐसा नहीं था कि वह सारी बातें भूल गई थी। पर उन्हें दिमाग़ के फ़्रीज़र में रख दे इतना सही तो हो ही चुका था।

चिंगी के नाना ने सिखाई थी चिंगी को यह ट्रिक। नाना कहते थे कि एक साथ बहुत सारी बातें मन में उमड़-घुमड़ रही हों तो उन्हें बाइट साइज़ में काट देना चाहिए। यानी कि जैसे बड़े-से नान के छोटे-छोटे लुक़्मे में कर दो तो खाना आसान हो जाता है। पापा और नाना, दोनों ही पर सब्ज़ी मंडी में घूमने की ख़ब्त सवार थी। ज़ाहिर-सी बात है कि घर में हमेशा दाल, चावल, अलग-अलग ब्राण्ड का घी, चटनियाँ भी ज़रूरत से ज़्यादा पाई जाती थीं और सब्ज़ियाँ भी। अड़ोसी-पड़ोसी हों या घर के कामों में हाथ बँटाने वाला स्टाफ़, सबके घरों में हफ़्ते में दो-तीन दिन तो खाना नहीं बनता था। पापा और नाना टिफ़िनदान तैयार कर रहे होते सबके लिए।

कभी-कभी वे दोनों चिंगी को भी ले जाते थे मंडी, ताकि वह सब्ज़ियाँ खरीदना और अपने को खिला पाने लायक़ खाना बनाना सीख ले। एक बार ऐसे ही वे सब्ज़ियाँ ख़रीदकर लौटे थे। नाना ने उसे कहा था कि देखो, ये सब सब्ज़ियाँ जल्दी ख़राब होती हैं तो ये हुईं अर्जेंट। इन्हें पहले पैका लेते हैं। और बाक़ी सब अच्छे से सँभाल के फ़्रीज़र में रख देंगे। बाद में निबटेंगे किसी दिन।

बोर्ड एग्ज़ाम्स से पहले जब चिंगी बहुत उलझी हुई थी तब भी नाना ने यही बात फिर समझाते हुए कहा था, कुछ टेंशन फ़्रीज़र में रखो,

किसी और दिन उलझना। तो आज भी चिंगी ने यही किया- अपना दिल टूटना, मोहसिन की बातों से उपजी शर्मिंदगी, उस बदतमीज़ जीवन की हँसी का ख़ौफ़ - यह सब दिमाग़ के एक कोने में अच्छे से जमा दिया। कम-से-कम स्लीप ओवर ख़त्म होने तक तो नहीं सोचेगी वह यह सब।

वैसे भी चिंगी के घर का हर एक सदस्य चिंगी का दोस्त है। जो लोग घर में हमेशा रहते हैं वे भी और जो अलग घरों में रहते हैं वे भी। जैसे श्रीधर अंकल, नैना दादों, एलिस अम्मची, सादिक़ नानू, मृणमयी आंटी वग़ैरह।

नानी का बर्थ डे निबट जाए एक बार, फिर सब लोग मिलकर एक फ़ैमिली कॉन्फ्रेन्स करेंगे। नानखताई और गुड़-सौंफ़ वाली चाय बना के चिंगी के टूटे हुए दिल को जोड़ने के हज़ारों नुस्ख़े डिस्कस करेंगे।

चिंगी अपनी सोच में इतनी खोई थी कि यह भी नहीं देखा कि सब लोग तैयार होकर एक लाइन में खड़े हैं। मम्मी कैमरे में टाइमर सेट कर रही है और चाचा, चिंगी को सबके साथ खड़े होने के लिए बुला रहे हैं।

चिंगी सबके साथ जाकर खड़ी हो गई। चीज़ बोलने की ज़रूरत भी नहीं पड़ी किसी को। सब लोग ऐसे ही खिलखिला रहे थे।

चिंगी को क्या, इस वक़्त तो किसी को नहीं पता था कि यह शायद, इस तरह की आख़िरी फ़ैमिली फ़ोटो होगी। आज की रात सब कुछ बदल जाएगा। कुछ चीज़ें ऐसे बिखर जाएँगी कि आसानी से समेटी नहीं जाएँगी।

चिंगी जब अपर्णा के घर पहुँची तो नेहा के अलावा वहाँ कोई और क्लासमेट नहीं पहुँची थी। नेहा कुछ गुमसुम-सी बैठी थी। उसने चिंगी को देखा तो एक सेकंड को उसके चेहरे पर परेशानी झलक उठी। पर दूसरे ही सेकंड उसने मुस्कराकर चिंगी को हाय बोला। फिर एक किताब उठाकर उसके पन्ने उलटने लगी। चिंगी को अजीब लगा, नेहा तो साइंस सेक्शन में थी, वह अपर्णा की इकोनॉमिक्स की किताब क्यूँ पढ़ रही थी? तभी अपर्णा कमरे में आई। वह सेल फ़ोन पर किसी से बात कर रही थी। काफ़ी जोश में बातचीत हो रही थी। अपर्णा ने चिंगी को देखा तो

आधे सेकंड के लिए वह भी सकपकाई हुई लगी। लेकिन अपर्णा भी मुस्कराई और चिंगी को बड़े प्यार से हैलो बोल के गले से लगा लिया। चिंगी पहले तो ज़रा उलझी लेकिन फिर उसने महसूस किया कि उसे अपर्णा का यूँ गले लगाना अच्छा लगा है। दोपहर से पहली बार उसका अकेलापन थोड़ा कम महसूस हुआ। इतनी देर से ख़ुद ही ग़ुस्से और उदासी दोनों से जूझ रही थी। उसने तभी निर्णय लिया कि वह और किसी से मोहसिन के बारे में कहे ना कहे, अपर्णा को ज़रूर बताएगी।

यूँ तो अपर्णा कुछ महीने पहले ही उनके स्कूल में आई थी। पर इतने से वक़्त में भी सबसे अच्छी दोस्त बनने की धाक जमा चुकी थी। वह अक्सर ही 'ओ बेब, माई पुअर बेबी' बोलते हुए, किसी का हाथ पकड़े होती थी। कभी आँसू पोंछ रही होती थी, कभी गले लगा रही होती थी। हाँ, चिंगी को आज से पहले यह सब बहुत नक़ली नौटंकी टाइप का लगता था। वह जीवन के साथ अक्सर अपर्णा की नक़ल उतार उसका मज़ाक़ बना चुकी थी।

बाक़ी सब लोग अपर्णा से ही कहते थे अपने दिल की बातें।

सिर्फ़ क्रशेज़ वग़ैरह नहीं बल्कि सब कुछ। सुनने में तो आया था कि कुछ टीचर्स तक अपने दिल का हाल अपर्णा से बयान करती थीं।

हाँ, चिंगी को कोई ऐसी ज़रूरत नहीं पड़ी थी क्यूँकि उसका सबसे पक्का दोस्त जीवन था। पर अब वह अपर्णा ही को सब कुछ बताएगी। जीवन एक तो लड़का था, उसे कुछ बात समझ नहीं आएगी, और फिर वह चिंगी को चिढ़ाएगा भी तो। उसने पहले ही कहा था कि मोहसिन उल्लू का चरख़ा है। चिंगी ही ने बात नहीं सुनी थी। अब जीवन कितना इतराएगा इस बात पर!

अपर्णा ने चिंगी को आराम से बैठने को कहा और अपने फ़ोन के साथ बाहर बालकनी में चली गई। एक-दो मिनट बाद नेहा भी बाहर चली गई।

चिंगी बोर होने लगी तो वह अपर्णा के कमरे से बाहर निकलकर घर में यूँ ही टहलने लगी। उसने देखा किचन में अपर्णा की बड़ी बहन

अदिति सैंडविच बना रही थी। स्लीप ओवर के लिए ही शायद। चिंगी बिना कुछ कहे अदिति दीदी की मदद करने लगी।

उन दोनों ने सैंडविच बनाए, चिप्स निकाले, कोल्ड ड्रिंक्स की बॉटल्स ट्रे पर रखीं। तब तक बहुत सारे लोग आ चुके थे।

चिंगी यह सब सामान लेकर अपर्णा के कमरे के बाहर ही पहुँची थी कि उसे अंदर से आती बातचीत में अपना नाम सुनाई दिया। चिंगी के क़दम वहीं ठिठक गए। यह शायद नेहा की आवाज़ थी, वह ज़ोर-ज़ोर से कह रही थी, "यह सब चिंगारी ही की ग़लती है। सारी ग़लती उसी की है।"

फिर देबजानी की आवाज़ सुनाई दी, "यार, ये सब बातें बाद में करें? आज चिंगी रात को यहाँ नहीं रुकेगी। उसकी नानी का बर्थडे है। हम लोग बाद में बात करते हैं ना। उसने कुछ सुन लिया तो?"

चिंगी को समझ में नहीं आया कि क्या करे। अब अंदर कैसे जाए। 'मेरी ग़लती? मेरी क्या ग़लती है?' उसने सोचा। वह मुड़ के वापस किचन में आ गई। अदिति दीदी कोल्ड ड्रिंक्स की बॉटल्स उठाए अपर्णा के कमरे में जा रही थीं। चिंगी को देखकर उन्होंने पूछा "क्या हुआ?"

चिंगी ने प्यास लगने का बहाना बनाया और पानी पीते-पीते अपने को थोड़ा सँभाला। मन तो हो रहा था कि अभी ही घर पर चली जाए। पर घर पर कोई था ही नहीं।

जब तक चिंगी और अदिति, अपर्णा के कमरे के बाहर आईं, अंदर म्यूज़िक शुरू हो चुका था। सब कुछ नॉर्मल लग रहा था। पर चिंगी अभी भी थोड़ी हिली हुई थी। उसके सर में अब सच्ची वाला दर्द होने लगा था। वह एक कोने में जाकर बैठ गई। उसे लगने लगा हर कोई चुपके से उसे ही देख रहा है। तभी मारिया ने पूछा, "क्या यार! सबके सब अपने अपने ग्रुप बनाकर सीक्रेट टॉक्स करोगे क्या? चिंगी तू वह नई वाली हॉरर फ़िल्म का डीवीडी लेकर आई है ना? वह भूतिया बस वाली जिसमें जो भी उस बस में चढ़ता है, बस उसे एक खंडहर में ले जाती है और वहाँ एक चमगादड़ होता है..."

चिंगी मारिया की बात सुनते ही अपने बैग से डीवीडी निकालने लगी थी पर अचानक पीछे से एक आवाज़ आई।

"छोड़ो यार यह पिक्चर वाली नॉन्सेन्स! अब हम ग्यारह साल के बच्चे नहीं हैं। गॉसिप करेंगे बस आज। क्या हो रहा है सबके क्रशेज़ के साथ?"

यह कुलसुम की आवाज़ थी। पीछे पलटकर कुलसुम को देखने से पहले ही चिंगी का मुँह शरम और टेंशन, दोनों से लाल हो गया। उसने अभी तक ध्यान कैसे नहीं दिया था कि सब आ गए थे, बस कुलसुम नहीं आई थी? चिंगी को महसूस हुआ कि दोपहर से ही उसका दिमाग़ आधा-आधा चल रहा था। आधा अभी सामने क्या हो रहा है उसमें लग रहा था पर बाक़ी आधा खोया हुआ था। शायद गैराज में मोहसिन पर बोतल फेंकते समय आधा दिमाग़ भी गिर गया हो।

और हे भगवान! इन लोगों को आज ही गॉसिप के मूड में होना था? और वह भी अभी से। उसने सोचा था डेढ़ घंटे तक फ़िल्म चलेगी, फिर खाएँगे-पिएँगे। उसके बाद ही एक-एक करके सबकी बारी आएगी। उसकी बारी आने से पहले ही उसे घर से कोई लिवाने आ जाएगा। आज के दिन तो बच जाएगी। आगे का आगे देखेंगे। लेकिन अब? अब क्या होगा?

चिंगी ने जब से जाना था, तीन-साढ़े तीन महीने पहले कि उसका मोहसिन पर क्रश है, तब से यह बात उसने किसी को नहीं बताई थी। बताती तो वह जीवन को भी नहीं। पर जीवन होशियार था। उसने चिंगी को बुद्धू बना के उगलवा ली थी सारी बात।

और आज के दिन तो वह किसी भी हालत में मोहसिन का कोई भी ज़िक्र नहीं करना चाहती थी। खासकर कुलसुम के सामने।

लेकिन ख़ुद कुलसुम ने ही यह बात छेड़ दी। चिंगी इन सब सवालों में खोई हुई थी कि अचानक उसने महसूस किया कि अब उसे कोई भ्रम नहीं हो रहा था। सच में नेहा और कुलसुम अब उसके ठीक सामने खड़ी थीं। और उसे ही घूर रही थीं।

चिंगी ने मन ही मन मोहसिन को कोसना शुरू किया। मोहसिन की बदला लेने वाली बात को ज़्यादा गम्भीरता से नहीं लिया था चिंगी ने। तो यह बदला लिया मोहसिन ने? कुलसुम को सब कुछ बता दिया? उल्लू का पट्ठा कहीं का!

तब भी चिंगी ने झूठ-मूठ हँसते हुए कहा, "क्या यार तुम दोनों ऐसे क्या देख रही हो मुझे, मेरे पास तो कोई मज़ेदार बात है नहीं बताने को। मुझे तो अब तक किसी पर क्रश भी नहीं हुआ!"

कुलसुम ने ज़रा-सा मुँह बिचकाया और व्यंग्य में पूछा, "सच्ची क्या? कुछ नहीं है तेरे पास बताने को चिंगारी?" चिंगी ने ना में सर हिलाया और कंधे उचका दिए।

इससे पहले कि नेहा या कुलसुम आगे कुछ बोलतीं, देबजानी की आवाज़ सुनाई पड़ी। वह थोड़ी झल्लाई हुई थी, "यार बोर मत करो! जब देखो तुम लोग बॉयज़, बॉयज़, बॉयज़, क्रशेज़, क्रशेज़ की बातें करती रहती हो। हमें नहीं करनी ये सब बातें प्लीज़।"

नेहा, कुलसुम और बाक़ी सबने ही नहीं बल्कि चिंगी ने भी चौंक के देबजानी को ऐसे देखा कि वह झेंप गई।

बाक़ी लड़के-लड़कियाँ तो फिर भी बस कभी-कभार स्कूल में और ज़्यादातर बस स्लीप ओवर में ही यह सब बातें करते थे। लेकिन देबजानी? देबजानी को इन सब बातों का जुनून सवार था। और अक्सर उसे इस बात के लिए छेड़ा जाता था।

कॉस्मोपोलिटन जैसी कोई पत्रिका हो, हिंदी, अँग्रेज़ी, पंजाबी और बंगाली रोमांटिक फ़िल्में हों स्कूल में किसी को भी किसी पर भी क्रश हो, शेक्सपियर, वारिस शाह की हीर... देबजानी घंटों तक इन सब पर बतिया सकती थी। और आज देबजानी ही ये बातें नहीं करना चाहती थी?

चिंगी ने बाक़ी सब लड़कियों की ओर नज़र घुमाई और पाया कि आधी लड़कियाँ उससे नज़रें चुरा रही हैं और बात बदलने की कोशिश में कुछ भी बोले जा रही हैं। और बाक़ी आधी उसे घूरकर देख रही हैं और हौले-हौले से एक-दूसरे को इशारा कर रही हैं।

तभी अचानक नेहा तेज़ी से अपर्णा की स्टडी टेबल की तरफ़ बढ़ी और खड़े-खड़े ही उसने इधर-उधर कुछ ढूँढ़ा। अपर्णा की स्केच बुक खोली। पेन स्टैंड में से एक बड़े साइज़ का लाल रंग का स्केच पेन निकला। फिर तेज़ी से और पूरा दम लगा के कुछ लिखने लगी। कुछ ऐसे, जैसे अपना सारा ग़ुस्सा इस बेचारे काग़ज़ पर निकाल देगी।

चिंगी का दिल बैठ रहा था, जैसे गले में कुछ अटक रहा हो। उसने क्या, सभी ने अनुमान लगा लिया था कि नेहा क्या लिख रही होगी। और अगर किसी को कोई शक रहा भी होगा तो जब उसने उँगलियों पर कुछ गिनना शुरू किया, तब सबको यक़ीन हो गया।

इस सबमें मुश्किल से डेढ़ मिनट लगे होंगे मगर चिंगी को लगा घंटे बीत गए हैं।

आख़िरकार नेहा ने लिखना ख़त्म किया और नाटकीय ढंग से मुड़ी। एक-एक करके सबको देखा। कमरे में एकदम सन्नाटा छाया हुआ था। उसने काग़ज़ ऊपर उठाया कि सबको साफ़-साफ़ दिखाई दे जाए।

उस पर मोहसिन और चिंगारी का नाम लिखा था और 'फ़्लेम्ज़' किया गया था। ठीक वैसे ही जैसे चिंगी ने तीन महीने पहले किया था अपनी नोट बुक में और आज फाड़ा था।

कुलसुम नेहा के साथ आकर खड़ी हो गुई और मुँह टेढ़ा करके पूछा, "यह सच है ना? तुम्हें मोहसिन पसंद है ना?"

कुछ देर कोई कुछ नहीं बोला और चिंगी भी चुपचाप खड़ी रही है, उससे ना तो ना कहा गया और ना ही हाँ कहा गया। फिर साहिबाँ की आवाज़ सुनाई दी, "तुमसे मतलब कि चिंगी को कौन पसंद है और कौन नहीं?"

साहिबाँ देबजानी की सबसे पक्की सहेली थी लेकिन उसको सच्ची में यह गॉसिप वग़ैरह बोर लगती थी। उसे तो स्लीप ओवर तक नहीं पसंद थे पर देबजानी ले आती थी ज़बरदस्ती। साहिबाँ को बस मैथ्स पढ़ने और पेड़ों पर चढ़ने का शौक़ था। वह और देबजानी दोस्त कैसे बनीं किसी को आज तक समझ नहीं आया था। साहिबाँ अब चिंगी के बग़ल में खड़ी हो गई। कृष्णा भी चिंगी के पास आकर खड़ी हो गई। उसने चिंगी

से पूछा, "सीरियसली यार! तुझे कोई और नहीं मिला था? उसी पर क्रश होना था तुझे? केशव मोहसिन को जोकर बोलता है।"

कृष्णा और केशव जुड़वा भाई-बहन थे।

कृष्णा फिर बोली, "वह तो इतना स्टूपिड है! और इतना छोटा भी तो है ना हमसे।"अब चिंगी से रहा नहीं गया और वह बोल पड़ी, "क्या यार बस डेढ़ साल तो छोटा है हमसे!" बोलते हुए उसे एहसास हुआ कि अब तो उसने इस बात को पक्के तौर पर ज़ाहिर कर दिया है कि उसकी और मोहसिन वाली बात मनगढ़ंत नहीं बल्कि सच है।

कृष्णा फिर से बोली, "उम्र छोड़। गधा तो है ही। आमना जब देखो उसके जूतों के लेसेज़ बाँध देती है। उसके टिफ़िन में मेंढक पकड़ के डाल देती है और मोहसिन को पता भी नहीं चलता।"

दोपहर में जो हुआ उसके बावजूद चिंगी को मोहसिन की बुराई सुनना अच्छा नहीं लगा। वह बोली, "अरे वह सिर्फ़ पप्पीज़ के बारे में सोचता रहता है ना, इसीलिए।"

साहिबाँ ने कहा, "मोहसिन कैसा है या नहीं है, यह पॉइंट नहीं है। मुद्दा यह है कि नेहा और अपर्णा को इस बात से मतलब? कुलसुम का है कोई लेना-देना इस बात से?"

कुलसुम ने साहिबाँ की बात को नज़रअंदाज़ करते हुए चिंगी से पूछा, "हाँ! पप्पीज़ का बहाना बना के ही तुमने बुलाया था ना मोहसिन को गैराज में?"

चिंगी ने परेशान होकर डूबती आवाज़ में पूछा, "उसने सब कुछ बता दिया क्या तुम्हें?"

कुलसुम बोली, "ओ प्लीज़! किसी मुग़ालते में मत रहो। वह तो तुम्हें भूल भी चुका होगा। मैं थी वहाँ पर। मैंने विक्टोरिया अम्मा और मोहसिन को चुपके-चुपके बात करते देख लिया था। मुझे शक हुआ तो मैंने उसका पीछा किया और सब कुछ देखा।"

चिंगी के सामने सारी की सारी बातें घूम गईं- मोहसिन का यक्क कहना, पीएसपी माँगना, उसका ख़ुद का ग़ुस्सा और मोहसिन को बोतल फेंक के मारना। तब भी हिम्मत करते हुए, बात यहीं पर ख़त्म करने की

ग़रज़ से चिंगी ने कहा, "हाँ मैंने बोला उसे कि तू मुझे पसंद है और उसने कहा कि वह मुझे नहीं करता पसंद। बस इतनी-सी तो बात थी।"

नेहा ने चिंगी की नक़ल उतारते हुए दोहराया, "बस इतनी-सी तो बात थी! रब्बिश। तुम्हें कोई शरम-वरम है कि नहीं? तुम जैसे उसे मना रही थीं, प्लीज़ प्लीज़ प्लीज़ बोलकर? और तुमने उसे ज़बरदस्ती किस्स भी तो करने की कोशिश की थी!"

यह बात इतनी अजीब थी कि चिंगी को हँसी आ गई।

कुलसुम ने चिढ़ के नेहा से कहा, "क्या बक रही हो? कोई किसी को किस्स नहीं कर रहा था।"

अब लग रहा था कि चिंगी को भूलकर कुलसुम और नेहा ही झगड़ पड़ेंगी।

लेकिन अचानक से अपर्णा की आवाज़ आई, "ओ बेब! बेचारी चिंगी। तुम दोनों अपना स्टूपिड झगड़ा बाद में करना। चिंगी का तो दिल टूटा ना। ठीक है, ऐसे उसे किसी को भी ज़बरदस्ती किस्स नहीं करना चाहिए था तब भी। लेकिन बेब्स, इसमें इसकी कोई ग़लती नहीं है, इसका ख़ानदान ही इतना अजीब है ना। इसे क्या पता कि नॉर्मल लोग ऐसे नहीं करते।"

चिंगी को क्या, कमरे में खड़ी हर लड़की को लगा कि बात अचानक से आउट ऑफ़ कोर्स हो गई।

ख़ानदान? अजीब है? मतलब? सबके सब अपर्णा को देखने लगे। बस एक नेहा ही के चेहरे से लग रहा था कि उसे यह वाली बात पहले से पता है। कुलसुम का चेहरा लाल हो गया।

चिंगी के क़दमों के नीचे से ज़मीन खिसक गई हो जैसे। उसके ख़ानदान और मोहसिन, क्रश वग़ैरह का एक-दूसरे से क्या लेना-देना? और भई, कौन-सा किस्स?

चिंगी इस बात से इतनी हक्की-बक्की रह गई कि कुछ नहीं पूछ पाई। लेकिन उसने देखा कि कैसे नेहा ने आँखों के इशारे से अपर्णा को चुप रहने को कहा।

कुलसुम ने अपर्णा को डपट दिया, "शटअप अपर्णा! यह बात मैंने तुम्हें इसीलिए नहीं बताई थी कि तुम इस बात का ढिंढोरा पीटो। किसी ख़ास कॉन्टेक्स्ट में बताई थी! अब चुप रहो, आगे कुछ मत बोलना। चिंगी से जो कहना है मैं कहूँगी। नेहा मेरी बेस्ट फ़्रेंड है, तुम क्यूँ बीच में..."

अपर्णा का चेहरा ऐसा हो आया जैसे कि वह बहुत आहत हुई हो। नेहा और कुलसुम उसे कितना ग़लत समझ रही हैं। अपर्णा, कुलसुम और चिंगी के बीच आकर खड़ी हो गई और दोनों के कंधे पर अपना एक-एक हाथ रखते हुए दोनों ही को, एक-एक करके "ओ बेब। ओ बेब" कहा। मानो दोनों ही की पीड़ा अपर्णा के लिए असहनीय हो।

चिंगी को अपर्णा का यह व्यवहार इतना नक़ली लगा कि सबसे पहले उसके दिमाग़ में जो बात आई वह यह कि यह बात तफ़सील से, बाक़ायदा ऐक्टिंग करके जीवन को बतानी पड़ेगी। उसे हैरानी हुई कि आधे घंटे पहले यही अपर्णा इतनी अच्छी लग रही थी कि चिंगी उसे अपने दिल के राज़ बताने चली थी।

चिंगी यह सब सोचकर भी अपर्णा का हाथ अपने कंधे से नहीं हटा पाई। लेकिन कुलसुम ने इतनी ज़ोर से अपर्णा के हाथ को अपने कंधे से झटका कि उसका हाथ चिंगी के कंधे से भी अपने आप हट गया।

कुलसुम ने बीच में खड़ी अपर्णा को नज़रअंदाज़ किया और सीधे चिंगी से बात करने लगी, "नाराज़ तो मैं हूँ ही तुमसे। मोहसिन मेरा कज़िन है। यानी सबसे पहला हक़ मेरा हुआ ना उस पर। मैंने उसे नेहा के लिए बचाकर रखा था। इतना सॉलिड प्लान था हमारा कि नेहा उसके साथ मैगी खाने जाएगी। और क्लास में फ़र्स्ट आ जाएगी। आई मीन अपनी क्लास ही के लड़के के साथ जाती तो नेहा की जीत एक्सलूसिव तो रहती नहीं, उस गधे के साथ भी शेयर करनी पड़ती ना। इसीलिए इतना दिमाग़ लगाकर हमने मोहसिन को चुना था। पर पता नहीं तुम कहाँ से उड़ के आ गई हमारा सारा प्लान बर्बाद करने।"

यह बात बड़ी बेवक़ूफ़ाना और बचकानी थी, मगर तब भी इतनी सच्ची थी कि कोई और मौक़ा होता तो चिंगी इस प्यारे-से लॉजिक

पर खिलखिला के हँस पड़ती और फिर नेहा और कुलसुम को शायद सॉरी तक कह देती।

पर जो अपर्णा ने उसके परिवार को लेकर कहा था, उस बात से चिंगी का दिमाग़ भन्ना रहा था।

इस वक़्त मोहसिन की ओनरशिप में उसे कोई दिलचस्पी भी नहीं थी। उसने नेहा और कुलसुम दोनों को नज़रअंदाज़ किया और ठीक अपर्णा के सामने खड़ी हो गई और पूछा, "क्या बकवास कर रही थी तुम मेरे घर वालों के बारे में?"

अपर्णा ने कहा, "देखो बेब, मैं तो नई-नई आई हूँ इस शहर में। लेकिन मुझे क्या सबको पता है कि तुम्हारी फ़ैमिली काफ़ी... यू नो... इमॉरल है।"

चिंगी का दिल ज़ोर से धड़कने लगा। यही शब्द तो मोहसिन भी बोलकर गया था। आख़िर ऐसा क्या किया था उसके घरवालों ने कि एक ही दिन में दो-दो बार इसी शब्द से नवाज़ा जा रहा था उन्हें?

चिंगी ने एक गहरी साँस ली ताकि वह अंदर से तेज़ी से आती हुई रुलाई पर क़ाबू पा सके, और फिर बोली, "क्या बके जा रही हो? साफ़-साफ़ बोलो क्या किया है मेरे घरवालों ने।"

कुलसुम और नेहा दोनों ही, एक सिंपल-सा झगड़ा ऐसा ख़तरनाक रुख़ भी ले सकता है, सोच भी नहीं सकती थीं। दोनों थोड़ा सहम गई थीं। घबरा तो कमरे में खड़ी बाक़ी लड़कियाँ भी गई थीं पर साथ-साथ, उत्सुकता से सबकी जान भी निकले जा रही थी कि यह माजरा आख़िर है क्या।

बस एक अपर्णा ही कुछ ऐसे भाव से खड़ी थी, जैसे उसने कोई बड़ी मामूली-सी बात कही हो और अब उसे समझ में नहीं आ रहा हो कि ये बच्चे किस बात का इतना बड़ा बतंगड़ बना रहे हैं।

उसने चिंगी से कुछ इस तरह से सवाल किया जैसे वह किसी बहुत ही छोटे बच्चे से कोई बहुत कड़वी बात कहने पर मजबूर थी। लेकिन बच्चे पर क्या असर होगा इसके बारे में सोचकर बेहद ग़मज़दा भी थी।

“सच में क्या, बेब? तुम्हें क्या सच में कोई भी आइडिया नहीं है कि तुम्हारे घर के सभी बड़े लोग प्रोमिस्क्यूअस लाइफ़ स्टाइल लीड करते हैं?”

चिंगी ने 15-20 सेकंड इस नए शब्द को समझने की कोशिश की पर यह शब्द उसके ज्ञान भंडार से एकदम बाहर की चीज़ थी। सुनने में वैज्ञानिक-सा शब्द था, जैसे किसी बीमारी का नाम हो। जबकि लाइफ़ स्टाइल बोल देने से चिंगी को कुछ-कुछ समझ आ भी गया था। कि जैसे लोग ‘गे लाइफ़ स्टाइल’ कहते हैं हिक़ारत से, वैसे ही उसके घरवालों पर भी अजीबोग़रीब होने का इल्ज़ाम लगाया जा रहा था।

पर असल में यह क्या होता है चिंगी बूझ नहीं पा रही थी। बाक़ी लड़कियाँ भी एक-दूसरे को देख रही थीं। बस एक कृष्णा थी जो मौक़े की नज़ाकत ना समझते हुए, किताबों से जो सीखा था, बोल पड़ी, “वे लोग होते हैं ना जिनके बहुत सारे बॉयफ्रेंड्स या गर्लफ्रेंड्स होते हैं!”

मारिया ने पूछा, “मतलब? जैसे चिंगी की वह मौसी हैं जो कॉलेज में पढ़ाती हैं? और उसके चाचा? उनके हैं बहुत सारे पार्टनर? हाय यार। वैसे चिंगी के चाचा क्यूट बहुत हैं। जब अपनी बुलेट बाइक पर...”

चिंगी ने मारिया को खा जाने वाली नज़रों से देखा। अभी? अभी कोई वक़्त है चाचा को क्यूट बोलने का?

मारिया सॉरी-सॉरी बोल के चुप हो गई।

कृष्णा बोली, “उनके बारे में तो पता नहीं पर शायद अपर्णा चिंगी के मम्मी-पापा के बारे में बात कर रही थी।”

अपर्णा ने कहा, “करेक्ट। मैं चिंगी के पैरेंट्स की ही बात कर रही थी।” अपर्णा के लहजे में कोई शरम-लिहाज़ क़िस्म की चीज़ नहीं पाई गई। उसने अपने नक़ली से बुज़ुरगाना लहजे में बात ज़ारी रखी, “और सिर्फ़ मम्मी-पापा नहीं, तुम्हारे नाना-नानी, दादा-दादी, ये सब लोग भी। सबके सब प्रोमिस्क्यूअस हैं।”

बाक़ी सारी लड़कियाँ एकदम चुपचाप देखे जा रही थीं यह सब। साँस रोके हुए। जो सामने हो रहा था थोड़ा दिल दहलाने वाला तो

था पर ख़ासा दिलचस्प भी था। कोई एक सेकंड के लिए भी चिंगी या अपर्णा के चहरे से नज़र नहीं हटाना चाह रही थी।

पर बेचारी मारिया को ज़रा टेंशन होती नहीं थी कि भूख लग आती थी। उसने इधर-उधर देखा। सामने मेज़ पर चिप्स पड़े थे। उसने पैकेट उठा लिया और बहुत सारे अपने मुँह में ठूँस लिए।

एकदम पिनड्रॉप सन्नाटा हो गया था कमरे में, इसीलिए उसके मुँह से आती कच-कच की आवाज़ भी बहुत ज़ोर से सुनाई दी। साहिबाँ ने ग़ुस्से से मारिया को देखा, पैकेट उसके हाथ से खींचा और अपर्णा के बिस्तर पर फेंक दिया। सारे चिप्स बिखर गए। कृष्णा समेटने लगी तो देबजानी ने कहा, "रहने दो। रात को इसे चूहे, चींटी काटने आएँगे तब अक़्ल आएगी इसे।"

चिंगी एकदम आगबबूला नज़रों से अपर्णा को घूर रही थी। लेकिन अपर्णा पर कोई असर नहीं हो रहा था। उसने कहा, "बेब! तुम शायद फ़ील कर गई? पर इसमें तुम्हारी क्या ग़लती है? जैसा तुमने घर में सीखा वैसा आज कर दिया। आई मीन बारिश हो रही थी, तुम और मोहसिन गैराज में अकेले थे और तुमने उसे किस्स करने की कोशिश कर दी... है ना?"

कुलसुम ने कहा, "फिर किस्स? कोई किस्स-विस्स नहीं हुआ था।"

कृष्णा ने कहा, "मुझे नहीं पता कि अपर्णा की बात सच है या झूठ और इसके मम्मी-पापा वग़ैरह वो... प्रॉमिस-प्रॉमिस वाला वर्ड है कि नहीं। पर किसी को ज़बरदस्ती, उनकी इजाज़त के बग़ैर किस्स करना क्या, छू देना भी क्राइम है। तुम लोगों को 'गुड टच बैड टच वाली प्रेज़ेंटेशन याद नहीं है जो रोमेश सर ने ली थी क्लास एट में। कन्सेंट लेना पड़ता है पहले।"

चिंगी ने कृष्णा को चिढ़ कोई देखा और कहा, "कौन-सा किस्स? कैसी कन्सेंट? मैंने बस मोहसिन से पूछा था मैगी खाने चलोगे? उसने मना कर दिया। बात वहीं पर ख़त्म हो जाती अगर उस गधे के बच्चे ने मुझसे मैगी डेट के बदले में पीएसपी ना माँगा होता।"

नेहा भूल गई कि इस धमाकेदार वाक़्ये के पीछे उसके आँसुओं का कितना बड़ा योगदान रहा था। और उसके मुँह से बेसाख़्ता निकल गया, "माई गॉड चिंगी! पीएसपी है तुम्हारे पास? तुमने तो कभी नहीं बताया। यार इन्वाइट कर लो मुझे अपने घर खेलने के लिए। हम दोनों तो बहनों जैसी हैं ना? अरे, मोहसिन जाए भाड़ में।"

कुलसुम ने झल्लाकर कहा, "मोहसिन ही नहीं तुम भी जाओ भाड़ में। उल्लू की चरख़ी कहीं की! मेरा इतने दिनों से दिमाग़ खा-खा के ख़ाली कर दिया कि उसे मनाओ उसे मनाओ। दोपहर भर से क्या रोना-धोना मचाए रखा है। चिंगी को नागिन तक कहा और अब यह बहन बन गई?"

साहिबाँ ने कहा, "कमऑन कुलसुम। पीएसपी, पीएसपी होता है। उसका किसी लड़के से क्या मुक़ाबला।"

अपर्णा जिसने आज तक इन लड़कियों के सामने आवाज़ ऊँची नहीं की थी, अचानक से फट पड़ी। मतलब कि वह बेचारी, इतनी चटखारेदार, विस्फोटक गॉसिप बता रही थी और इन अक़्ल से पैदल लड़कियों को गेम्स सूझ रहे थे? हद होती है कि नहीं किसी बात की? कोई फ़ोकस था ही नहीं इनमें! वह कैनेडा से क्या-क्या सीखकर नहीं आई थी? इतनी बचकानी बातों को ये लोग गॉसिप बोलती हैं! आज उसने अपने घर में स्लीप ओवर रखा ही इसीलिए था कि वह सब पर अपने एक्सपीरियंस की धाक जमा पाए। और ये लोग?? अगर वह अभी भी अपने पिछले स्कूल में होती तो उसे एकदम इंवेस्टिगेटिव रिपोर्टर जैसी इज़्ज़त मिलती!

वह ज़ोर-ज़ोर से, लगभग चिल्ला के बोलने लगी, "तुम सब मेरी बात सुन भी रही हो या नहीं? चिंगी की मम्मी, उसके पापा, नाना-नानी, दादी-दादी सबके सब प्रोमिस्क्यूअस हैं! ओके? यानी कि सबके सब शादीशुदा होकर भी किसी और के साथ अफ़ेयर चला रहे हैं। और अफ़ेयर होता है ना तो यू इडियट्स, तो उसमें किस्स के आगे वाली भी सारी चीज़ें होती हैं! सेक्स एजुकेशन तो मिला नहीं होगा तुम सबको?!"

मारिया बोली, "यक्क! इतनी मुश्किल से तो यह ऐक्सेप्ट किया था कि मम्मी-पापा सेक्स टाइप चीज़ें करते हैं। अब नाना-नानी दादा-दादी के बारे में भी सोचना पड़ेगा!! क्या यार!"

साहिबाँ ने मारिया को मुड़कर देखा और उसने कहा तो मारिया को लेकिन सुनाया अपर्णा को!

"क्यूँ मारिया? क्यूँ सोचना पड़ेगा तुम्हें? तुम्हारा अपनी इमैजिनेशन पर कोई ज़ोर नहीं चलता क्या? जैसे अपर्णा का अपने दिमाग़ और ज़बान पर कोई क़ाबू नहीं है, तुम्हारा भी नहीं है क्या?"

मारिया तो चुप हो गई लेकिन चिंगी आख़िरकार बोल उठी, "तुम झूठ बोल रही हो। बहुत ही बड़ी चुड़ैल हो तुम। इसमें से कोई बात भी सच नहीं है। मेरे नाना-नानी, मम्मी-पापा... तुम बहुत बड़ी, एक नंबर की झूठी हो!"

और यह सब कहते ही चिंगी को ज़ोर से रोना आ गया। उसने ना इधर देखा ना उधर, अपना बैग उठाया और दरवाज़े तक पहुँची। वहाँ अदिति दीदी खड़ी थीं। शायद बहस की आवाज़ बाहर वाले कमरे में पहुँच रही थी। अपर्णा के मम्मी-पापा अभी भी कैनेडा में थे और अपर्णा की ज़िम्मेदारी अदिति दीदी पर ही थी।

गुस्से से उनका मुँह तमतमाया हुआ था। उन्होंने दो क़दमों में ही जैसे कमरा पार किया और दूसरे ही सेकंड अपर्णा के मुँह पर ज़ोर से एक चाँटा मारा! और बाक़ी लड़कियों से कहा, "सॉरी गर्ल्ज़, स्लीप ओवर इज़ ओवर! मेरी बहन इस लायक़ नहीं है कि इसके कोई भी फ्रेंड्स हों। तुम सब लोग अपने पैरेंट्स को फ़ोन करके बता दो कि तुम्हें पिक कर लें। मैं सॉरी बोल दूँगी उनसे।"

यह कहकर वह चिंगी के पीछे-पीछे भागी। चिंगी घर से निकलकर मेन गेट खोल रही थी पर उससे खुल नहीं पा रहा था। अदिति ने पास जाकर गेट खोला और कहा, "रुको चिंगी। ऐसे मत जाओ। मैं शंकर भैया से ड्रॉप करवाती हूँ तुम्हें।" पर चिंगी कुछ सुनने के मूड में नहीं थी।

गेट खुला तो दोनों ने देखा कि सामने जीवन, विक्टोरिया अम्मा और मोहसिन खड़े थे। मोहसिन असल में अम्मा और जीवन के पीछे दुबका हुआ था। वह सहमा हुआ लग रहा था और जीवन और अम्मा संजीदा।

हुआ यह था कि मोहसिन ने चिंगी को इमॉरल तो बोल दिया था लेकिन ऊपर वापस आकर जब उसने डिक्शनरी देखी तो उसे टेंशन हो गई। बात अभी भी उसके आधे ही पल्ले पड़ी थी लेकिन उसे शर्मिंदगी का अहसास दिलाने के लिए काफ़ी थी।

उसने उसके बाद घर में चल रही किसी चीज़ पर ध्यान नहीं दिया। वीडियो गेम तक नहीं उठाया और भगवान से 'मुझे ढेर सारे पप्पीज़ और किट्टेंज दे दो' वाली प्रार्थना भी नहीं की। बस गुमसुम होकर एक कमरे से दूसरे कमरे में डोल रहा था। पर वह ही नहीं जीवन और कुलसुम भी अजीब तरह से व्यवहार कर रहे थे। पहले तो कुलसुम बहुत जोश में लगी, कभी किसी को तो कभी किसी को फ़ोन करके ज़ोर-ज़ोर से जाने क्या बात करती रही, फिर चुपचाप बैठ के सोचने लगी, जैसे कोई प्लान बन रहा हो उसके दिमाग़ में। जीवन ने आज ना कुलसुम को छेड़ा, ना आमना और जगत को तंग किया। मोहसिन की तरफ़ तो उसने देखा भी नहीं। रेहाना तो पिलानी में पढ़ रही थी और आजकल अंबाला कभी-कभार ही आती थी पर बाक़ी बच्चे तो हमेशा घर गुलज़ार रखते थे। हाँ मोहसिन चुप रहता था और सबकी छेड़ख़ानी का पात्र बनता था लेकिन बाक़ी सब? आमना और जगत कोई फ़िल्म देखने में मशग़ूल थे और बाक़ी तीनों बच्चों की हालत ऐसी अजीब थी। विक्टोरिया अम्मा की सिर्फ़ अपने घर के बच्चों पर ही नहीं बल्कि उनके दोस्त, आस-पड़ोस के बच्चे-सभी पर नज़र रहती थी। उनका माथा तो ठनकना ही था। कुलसुम और जीवन दोनों ही एक-एक करके कोई बहाना बना के घर से निकल गए थे पर मोहसिन अकेला बालकनी में खड़ा था। मोहसिन से बस पूछने की देर थी कि उसने जितना भी उसे पता था या समझ में आया था, अम्मा को बता दिया और अपनी टेंशन ज़रा-सी कम कर ली। बाक़ी सब विक्टोरिया

अम्मा को ख़ुद समझ आ गया था। उन्होंने जीवन को फ़ोन लगाया। और अब ये तीनों अपर्णा के घर के बाहर थे।

अदिति और जीवन के बीच आँखों ही आँखों में इशारा हुआ। जीवन ने अपना हाथ बढ़ाया चिंगी की तरफ़। चिंगी ने हाथ तो नहीं पकड़ा पर जीवन के पास आकर खड़ी हो गई। फिर अचानक, सड़क पर अकेली ही चल पड़ी। और जीवन उसके पीछे। जीवन चिंगी से बहुत लंबा था लेकिन तब भी चिंगी ऐसे ज़ोर से भागे जा रही थी कि जीवन को भी थोड़ी मुश्किल हुई उसके साथ-साथ चलने में।

वहाँ पीछे विक्टोरिया अम्मा, कुलसुम और मोहसिन के साथ अपनी कार में जाकर बैठ गई। लेकिन तब तक इंतज़ार किया जब तक बाक़ी सब बच्चियों के पैरेंट्स उन्हें लिवाने नहीं आ गए। अदिति अंदर जा चुकी थी। और उसके थप्पड़ के परिणाम स्वरूप जो झगड़ा होना था बहनों के बीच, शुरू हो चुका था।

यहाँ सड़क पर, चिंगी और जीवन चुपचाप ही चल रहे थे। फिर चिंगी अचानक से रुक गई। जैसे उसे समझ में ना आ रहा हो कि क्या करे, क्या सोचे, कहाँ जाए। उसने जीवन की तरफ़ देखा। जीवन को पता था कि चिंगी को अभी किस चीज़ की ज़रूरत थी।

हाँ चीज़ ही की ज़रूरत थी। साढ़े सात मिनट में दोनों जीतू अंकल की वैन के सामने खड़े थे। जीतू अंकल ने चिंगी की तरफ़ देखा, चेहरा आँसुओं से भीगा था, बाल पोनीटेल के बाहर निकल आए थे और उसने जीवन का हाथ कस के पकड़ा हुआ था। उन्होंने जीवन से पूछा, "डिस्काउंट वाली मैगी? चीज़ कितना डालूँ?"

यह संकेत शब्द था यह पूछने के लिए कि ब्रेकअप हुआ है क्या? और दिल कितनी ज़ोर का टूटा है? वही मैगी में चीज़ की मियाद तय करता था।

जीवन ने अपनी दोनों बाँहें फैलाकर कहा, "इतना सारा चीज़। जितना भी है सारा डाल दो जीतू अंकल। सबका सब कम पड़ेगा।" उसने यह चिंगी को हँसाने के लिए कहा था शायद। लेकिन चिंगी ने चिढ़कर उसे देखा और जीतू अंकल से कहा, "मुझे मैगी नहीं चाहिए। मैं अब पूरी

ज़िंदगी कभी भी मैगी नहीं खाऊँगी। उसकी शक्ल भी नहीं देखूँगी। बहुत ही बुरी, बहुत ही वाहियात चीज़ होती है मैगी। इससे बुरी कोई चीज़ नहीं होती दुनिया में!"

जीवन ने कहा, "मैगी बनाने वाली फ़ैक्टरी में आग लगा देते हैं, चल!"

जीतू अंकल ने अपना सर हिलाया समर्थन में और कहा, "आमलेट और डबलरोटी?"

या तो चिंगी का ग़ुस्सा थोड़ा कम हो गया था या सामने पकती मैगी की ख़ुशबू का कमाल था कि उसने हारकर कहा, "नहीं अंकल, मैगी ही बना दो। ब्रेकअप नहीं हुआ है। बग़ैर चीज़ लेकिन एक्स्ट्रा मिर्ची के साथ बना दोगे प्लीज़?"

यह कहकर वह सबसे दूर पड़ी हुई कुर्सी पर जाकर बैठ गई। कुछ देर में ही जीवन दो बोल लिए हुए आया, एक और कुर्सी खींची और चिंगी के बग़ल में बैठ गया। चिंगी ने झपट्टा मार के एक बोल ले लिया और जल्दी-जल्दी से खाने ही वाली थी कि जीवन ने उसका हाथ पकड़ लिया। उसके हाथ से फ़ोर्क और बोल लिया, अपना वाला बोल साइड पर रखा और फूँक मार-मार के, फ़ोर्क घुमाते हुए मैगी को खाने लायक़ कोसा किया। और फिर धीमे-धीमे चिंगी को खिलाने लगा। चिंगी ने मना नहीं किया, चुपचाप खाती रही।

फिर बोली, "मेरा तो अफ़ेयर शुरू होने से पहले ही ब्रेकअप हो गया।"

जीवन ने एक ठंडी, गहरी साँस ली और बोला, "हाउ ट्रैजिक! यह बात नौ मिनट पहले बोल देती तो डिस्काउंट ले लेते। मेरे आधे पैसे तो बच जाते। पर तुम्हें क्या? तुम तो करवाओ ख़र्चे मुझसे।और सुनो इतनी ज़्यादा सैड शक्ल बनाने की ज़रूरत नहीं है। वैसे ही कोई कटरीना कैफ़ जितना प्यारा चेहरा है नहीं तुम्हारा। जैसा भी है उसी से काम चलाना है ज़िंदगी भर। वैसे भी देखो यार, आज तुम मेरी जगह मोहसिन के साथ यहाँ बैठी भी होती तो क्या फ़र्क़ पड़ जाता? तुम शरमाती, वह शरमाता। मैगी ठंडी होती रहती, टाइम वेस्ट, पैसे भी वेस्ट। और तुम ज़रा ध्यान

देकर तो देखो, मेरे चेहरे का बायाँ प्रोफ़ाइल मोहसिन से कितना मिलता-जुलता है। मेरी तो थ्योरी ही यही है कि तुम्हें असल में, मुझसे हो गया है प्यार। पर मुझे तुममें कोई दिलचस्पी है नहीं... तो तुम मन मसोसकर मोहसिन से काम चला रही थी। है ना? चलो मैं थोड़ा टेढ़ा होकर बैठ जाता हूँ और तुम मुझे निहारती रहो।"

चिंगी को हँसी आ गई लेकिन झूठ-मूठ का ग़ुस्सा करके उसने अपना मैगी का बोल जीवन के हाथ से खींचने की कोशिश की। पर जीवन ने कहा, "रानी बिटिया, कोई फ़ायदा नहीं है। मैंने मैगी इसलिए ठंडी नहीं की है क्यूँकि मुझे तुम्हारा ख़याल था। बल्कि इसलिए की है क्यूँकि मुझे पता है कि तुम यह बोल उठाकर कभी भी मेरे मुँह पर मार सकती हो। मोहसिन तो तब भी ग्यारह फ़ीट की दूरी पर खड़ा था, मेरा क्या होगा? लेकिन क्या यार, क्या निशाना है तुम्हारा। अब मुँह क्यूँ खोल लिया है मगरमच्छ की तरह? मक्खी घुस जाएगी। बंद करो। मैडम, सिर्फ़ मोहसिन और कुलसुम नहीं थे गैराज में आपके और आपके धड़कते दिल के अलावा। मैं भी था। सोचा था आराम से बात करेंगे। आज रात तुम 25-30 सैड गाने सुन लोगी, तकिए में हौले-हौले रो लोगी, उसके बाद करते हम बात। पर यह निगोड़ा स्लीप ओवर आ गया बीच में।"

चिंगी ने भर्राई हुई आवाज़ में कहा, "अगर तुम आ जाते मुझसे मिलने, तो मैं जाती ही नहीं ना स्लीप ओवर में! और कभी नहीं सुन पाती कि अपर्णा ने... जो कहा..." चिंगी चुप हो गई, आगे बोल नहीं पाई। जीवन ने उसे मैगी खिलाने की कोशिश छोड़ दी और बोल साइड में रख दिया। चिंगी के आँसू हाथ से पोंछकर, उसके दोनों हाथ अपने हाथ में ले लिए और बहुत ही प्यार भरी, मुलायम आवाज़ में बोला, "तो बोलो किसकी पिटाई करेंगे सबसे पहले? मोहसिन? कुलसुम? नेहा? या अपर्णा की?"

चिंगी ने तड़पकर कहा, "मेरे मम्मी-पापा की नहीं करनी चाहिए? सबसे पहले?"

चिंगी की आवाज़ में इतना दर्द, उलझन और इतनी तल्ख़ी थी कि जीवन कुछ बोल नहीं पाया। उसने चिंगी के हाथों पर से अपना हाथ

तो नहीं हटाया पर उसकी गिरफ़्त ढीली पड़ गई थी। और फिर चिंगी ने ख़ुद ही हाथ अलग कर लिए और अपने आँसू पोंछने की कोशिश करने लगी।

चिंगी ने कहा, "पर सिर्फ़ मम्मी-पापा नहीं। सबके सब लोग। उसने कहा तुम्हारे सारे घरवाले ऐसे हैं। हर कोई एक-दूसरे को चीट कर रहा है। हर कोई अफ़ेयर चला रहा है।"

जीवन ने झल्लाकर पूछा, "यह सब कहा अपर्णा ने?"

चिंगी बोली, "मैं हर एक बात सुनने के लिए खड़ी रही क्या? मैं ख़ुद ही समझ गई!"

जीवन बोला, "कुछ नहीं समझी तुम, मेरी जान! मतलब कि कोई एक फ़ालतू-सी लड़की जो तुम्हारी कोई ख़ास दोस्त भी नहीं है, जिससे तुम मिली ही कुछ आठ महीने पहले हो, तुमसे कुछ भी कहेगी और तुम..."

चिंगी ने ग़ुस्से से चीख़ पड़ी, "मैं इतनी स्टूपिड नहीं हूँ। जब पहला वाला स्लीप ओवर हुआ था ना, कुलसुम के घर, उस रात को सब लोग अपने मम्मी-पापा के बारे में बता रहे थे, कैसे मिले, कैसे शादी हुई, कैसे रहते हैं एक-दूसरे के साथ। और उन लोगों ने सिर्फ़ मम्मी और पापा कहा, किसी ने मम्मी-पापा के किसी स्पेशल फ़्रेंड की बात नहीं की। ना मेरी मम्मी की तरह कोई श्रीधर अंकल नाम का स्पेशल फ़्रेंड, ना दादा की कोई स्पेशल फ़्रेंड, जैसे एलिस अम्मची। ना दादी के कोई स्पेशल फ़्रेंड जैसे रवि दादू। ना नानी के कोई स्पेशल फ़्रेंड जैसे सादिक़ नानू। बस नाना और पापा के ही कोई स्पेशल फ़्रेंड नहीं हैं..."

जीवन के मुँह से निकल गया, "नहीं, समीर अंकल की भी एक फ़्रेंड थी, वह वापस फ़्रांस चली गई और..."

चिंगी और भड़क गई, "अरे वाह! सबके सब ही प्रोमिस... प्रोमिस... जो भी शब्द बोला था अपर्णा ने... वही हैं ना!"

जीवन ने कहा, "प्रोमिस्क्यूअस? ओ माई गॉड! यह बोला उसने? चिंगी सुनो, ध्यान से मेरी बात सुनो। यह कोई साइंटिफ़िक शब्द नहीं है। क़तई जजमेंटल शब्द है! और ग़लत है। यह शब्द वो घटिया लोग

इस्तेमाल करते हैं, जिन्हें किसी और को नीचा दिखाना होता है। जिनका लाइफ़ स्टाइल और चॉइसेस उनकी अपनी चॉइसेस से अलग हो। अपने आप को उनसे बेहतर साबित करने के लिए। देखो यार, अगर दो लोग जो अठारह साल से ऊपर हैं, बग़ैर एक-दूसरे को धोखा दिए, कोई और रिश्ता क़ायम करें तो यह उनकी मर्ज़ी है। इससे किसी और तीसरे को क्या मतलब?"

चिंगी इतने बड़े कॉन्सेप्ट समझने के मूड में नहीं थी, उसे बस और ज़ोर से चिल्लाने का मन हो रहा था। वह उठकर खड़ी हो गई और बोली, "मेरे को तब नहीं समझ आया था पर अब समझ आ गया है। मेरी फ़ैमिली ऐब्नॉर्मल है। इमॉरल है!"

जीवन ने उसके कंधे पर हाथ रखा और नरमी से कहा, "यार तुम्हें ये सारी बातें इस तरह से पता नहीं चलनी चाहिए थीं। मुझे पक्का पता है कि तुम्हारे मम्मी-पापा, घर के बाक़ी सब बड़े लोग, यह बात अपने ढंग से तुम्हें अच्छे से समझाना चाहते होंगे। ख़ैर, अब जो हुआ सो हुआ। तुम्हें घर जाकर ये सब बातें उनसे पूछनी चाहिए। चलो घर चलो।"

चिंगी के दिमाग़ में शायद अचानक कोई बहुत ही ख़तरनाक और विचलित कर देने वाला ख़याल आया। उसने जीवन को ऐसे देखा, जैसे उसका दम घुट रहा हो और वह साँस भी नहीं ले पा रही हो। आज तक ऐसे बहुत ही कम ऐसे वाक़ये होंगे जिनमें जीवन घबराया होगा। वह तुरंत जीतू अंकल के पास दौड़ गया पानी लाने।

जब तक वह पलटकर लौटा, चिंगी वहाँ नहीं थी। जीवन ने इधर-उधर देखा, वह सड़क पर बेतहाशा दौड़े जा रही थी। फिर उसने एक रिक्शेवाले से जल्दी-जल्दी कुछ कहा और रिक्शे पर बैठ गई।

जीवन को समझ नहीं आया कि वह क्या करे। जीतू अंकल ने चिंगी को यूँ भाग के जाते देख लिया था। वह जीवन के पास आए और धीरे से पूछा, "यह ब्रेकअप का मामला नहीं है ना? क्या हुआ है बताओ। यह लड़की महेश जी की पोती है ना?" जीवन ने चुपचाप हाँ में सिर हिलाया। जीतू अंकल ने फिर पूछा, "किसी ने कुछ कह तो दिया नहीं बच्ची को, ऐसा-वैसा?"

जीवन ने रुआँसी आँखों से उन्हें देखा और फिर सिर हिलाया। जीतू अंकल ने उसे धीरे से धक्का देते हुए कहा, "जा बेटा, मेरी साइकल लेकर जा। बच्ची इतनी रात में अकेली और इतनी ज़्यादा परेशान! जा जा... जल्दी जा।"

जीवन ने जल्दी-जल्दी साइकल बढ़ाई। थोड़ी ही देर में वह चिंगी के रिक्शे के साथ चल रहा था। चिंगी ने एक बार मुड़कर जीवन की तरफ़ देखा जैसे उस पता था कि वह आएगा पीछे-पीछे। अकेला नहीं छोड़ेगा उसे। फिर उसने बैग से अपने चाचा का फ़ोन निकाला जो उसे आज के लिए दिया गया था। उसने देखा, मम्मी-पापा के नंबरों से कुल मिलाकर ग्यारह मिस्ड कॉल्स थीं। एक कॉल जीवन के घर से भी आई थी। उसने सारी कॉल्स को नज़रअंदाज़ कर दिया और फिर गूगल सर्च खोलकर जल्दी-जल्दी कुछ टाइप करने लगी।

वे दोनों जब चिंगी के घर पहुँचे तो देखा, सामने सारे घरवाले हैरान, परेशान खड़े थे। चिंगी को देखकर सबकी जान में जान आई। पर चिंगी ने सबकी तरफ़ इतने गुस्से, हिक़ारत और दर्द से देखा कि परेशानी फिर लौट आई। वह बिना किसी से कुछ कहे, अंदर भाग गई। मम्मी ने रिक्शेवाले को पैसे देते हुए जीवन से पूछा, "क्या हुआ है? अदिति का फ़ोन आया था लेकिन उसने कुछ नहीं बताया, बस सॉरी आंटी सॉरी आंटी बोलती रही।"

जीवन तुरंत कुछ नहीं कह पाया, सिर झुकाए खड़ा रहा। दादा बहुत स्ट्रेस में थे, उन्होंने पूछा, "अब बोलेगा भी कुछ? दिल बैठ रहा है हम सब का।"

जीवन ने धीमी-सी आवाज़ में बोलना शुरू किया, "जी वो... अपर्णा है ना, जिसके घर में स्लीप ओवर था... उसने... सबके सामने... वह सब... आई मीन..."

उसे समझ में नहीं आ रहा था कि कैसे समझाए। लेकिन सबके चेहरे पर इतनी घबराहट थी कि उसने अपनी हिचकिचाहट को दरकिनार कर दिया।

"वह असल में... वह सादिक़ नानू, श्रीधर अंकल, एलिस अम्मची... उन सबके बारे में... मतलब चिंगी को बात आधी-अधूरी सी समझ आई है... पर वह बहुत हिली हुई है!"

चिंगी के मम्मी-पापा ने एक-दूसरे को देखा। उन दोनों के बीच तीन साल से यह बहस चल रही थी कि चिंगी को यह सब कैसे और कब बताया जाए, इससे पहले कि उसे कोई बाहर वाला ऐसा-वैसा कुछ बोल दे। पापा चाहते थे कि बता दिया जाए। मम्मी कहती रहीं बच्ची है, अभी नहीं समझेगी। और आज वह फ़ैसला उनके हाथ से निकल चुका था। पर यह "मैंने तो पहले ही कहा था रेखा!" कहकर अपने को होशियार साबित करने का मौक़ा नहीं था। पापा ने बस मम्मी के कंधे को धीरे से दबाया और कहा, "कोई बात नहीं। सँभाल लेंगे!"

नाना ने आगे बढ़कर जीवन को बाँहों में भर लिया और जीवन रो पड़ा। नाना बोले, "तू भी तो बच्चा ही है। प्यारा और सयाना बच्चा। तूने बहुत अच्छे से ख़याल रखा चिंगी का। थैंक्यू बेटा! अब तू और मत सोच इसके बारे में। हम लोग हैं ना! तेरे माँ-बाप, विक्टोरिया सबको चिंता हो रही होगी। जा बच्चे, अब घर जा और आराम कर। सुबह तक सब बेहतर हो जाएगा।"

जब तक सब लोग अंदर आए, चिंगी जितनी तोड़-फोड़ मचा सकती थी, मचा चुकी थी। गुलदान, फ़ोटो फ़्रेम्स उठा-उठाकर ज़मीन पर पटक चुकी थी और वे टूटकर बिखरे हुए थे। कुर्सियाँ, छोटी मेज़ें, कुछ और चीज़ें लुढ़की पड़ी थीं। यहाँ तक कि टीवी भी पूरे वॉल्यूम में चीख़ रहा था। और अब वह अपनी पूरी जान लगाकर एक परदे की रॉड को खींच रही थी। नानी से रहा नहीं गया। उन्होंने एक कुर्सी सीधी की, उस पर चढ़ गईं और रॉड खोलकर, परदे समेत उसे चिंगी के हाथ में पकड़ा दिया। चिंगी ने पर्दा ज़मीन पर फेंक दिया।

लेकिन या तो वह नानी के ऐसा करने पर हैरान हो गई थी या थक गई थी, जो भी कारण था, उसने तोड़ फोड़ वहीं रोक दी।

चिंगी कमरे के बीचोंबीच आकर खड़ी हो गई और बोली, "मुझे सब पता चल गया है। आप सब लोग... आप सब लोग..."

पापा ने प्यार से कहा, “बेटा, बैठ जा आराम से। पानी पी ले और फिर सुनते हैं तेरी बात।”

पर चिंगी को प्यार-व्यार, पानी-वानी कुछ नहीं चाहिए था। उसे बस जवाब चाहिए थे।

और उसने बोलना शुरू किया। उसने सबको बताया कि उसे बहुत सालों से लग रहा था कि कुछ है उसके परिवार के बारे में, जो उसकी पकड़ में नहीं आता था। दिमाग़ के पीछे के हिस्से में कुलबुलाता-सा रहता था। उसे कुलसुम के घर हुए पहले ही स्लीप ओवर में पता चल गया था कि उसके घरवाले, बाक़ी बच्चों के घरवालों से अलग हैं। और अब उसे पता चल गया है कि सच बात यह है कि घर के सारे बड़े लोग बहुत इमॉरल हैं। ऐसे लोग बहुत बुरे होते हैं। देश का कल्चर तक बर्बाद कर देते हैं।

आनंद चाचा चिंगी की इतनी संजीदा शक्ल के बावजूद हँस पड़े, “देश का कल्चर!”

नाना ने घूरकर चाचा की ओर देखा तो चाचा ने सर झुका लिया।

चिंगी की बात अभी ख़त्म नहीं हुई थी। उसने सबको बताया कि ऐसा करने से सोसाइटी टूट-फूट जाती है, बच्चों पर बहुत बुरा असर पड़ता है, ड्रग एडिक्ट बन जाते हैं बच्चे!

दादी ने चौंककर पूछा, “इतनी-सी देर में तूने इतनी सारी रिसर्च कर ली चिंगी?”

चिंगी बोली, “हाँ दादी मुझे सब पता चल गया है।”

सच बात तो यह थी कि जीतू अंकल की वैन से बस सत्रह मिनट का रास्ता था चिंगी के घर तक का। उस ज़रा-से वक़्त में चिंगी ने बहुत जल्दी-जल्दी भी पढ़े हों तो साढ़े तीन-पौने चार से ज़्यादा आर्टिकल्स तो नहीं ही पढ़ पाई होगी।

लेकिन तेरह से अठारह साल की उम्र जिसे अँग्रेज़ी में टीनएज कहते हैं, उसकी ख़ासियत है ये। इस उम्र के बच्चों को हर चीज़ पहले से ही पता होती है। इंटरनेट, किताबों और कभी-कभार अपने दोस्तों के साथ

हुई बातचीत से वे महज़ अपने इस जन्मजात ज्ञान का पुष्टीकरण यानी कन्फ़र्मेशन करते हैं।

मम्मी ने पूछा, "ठीक है। बताओ, क्या पता है तुम्हें? पहले हम तुम्हारी सुनते हैं, फिर तुम हमारी बातें सुनना। ओके?"

जितने आराम और सहजता से घर के बड़े, चिंगी के साथ पेश आ रहे थे, उसी अनुपात में उसका ग़ुस्सा और उलझन बढ़ती जा रही थी।

वह झगड़ा करना चाहती थी, नाराज़ होना चाहती थी, सब लोगों को भला-बुरा कहना चाहती थी। पर कोई उसकी यह इच्छा पूरी होने ही नहीं दे रहा था।

चिंगी बग़ावत पर उतर आना चाहती थी। पर घरवाले अपने किसी ख़याल या बातों से आधिपत्य स्थापित कर ही नहीं रहे थे। हवा हवा में वह किसको ललकारती? किसको हराती? किससे जीतती?

जैसे-जैसे उसका ग़ुस्सा बढ़ा, उसने जितने बुरे शब्द आते थे उनसे अपने घरवालों को नवाज़ना शुरू किया, जिससे वे लोग ज़रा तो माथे पर त्योरियाँ लाएँ। 'नालायक़, बदतमीज़, बददिमाग़, क्रूर, दुष्ट, पापी, रास्कल, इडियट, स्टूपिड।' जितनी भी जमा पूँजी थी उसके पास उसने सारी ख़र्च कर दी।

थोड़ी देर कमरे में सन्नाटा पसरा रहा। फिर मम्मी ने कुछ बोलने के लिए मुँह खोला ही था कि चिंगी की ग़ुस्से से थरथराती लेकिन रुआँसी आवाज़ सुनाई पड़ी,, "मैं किसकी बेबी हूँ? पापा की या मम्मी के किसी बॉयफ्रेंड की?"

कुछ देर तो बाक़ी लोगों को कुछ समझ ही नहीं आया कि उसने पूछा क्या है। यह सवाल इतना अप्रत्याशित था कि कोई कुछ बोल ही नहीं पाया तुरंत।

जब यह बात चिंगी को बताई जाएगी तो कुछ तो प्रतिक्रिया होगी, सब जानते थे। उम्र के जिस पड़ाव में वह थी, उसमें उसकी प्रतिक्रिया किसी छोटे-से हंगामे या बवाल से कम नहीं होगी यह अनुमान भी वे लोग लगा चुके थे। फिर चिंगी अपनी हेमा मौसी की तरह थी।

उसका हर अहसास ज़ोर-शोर से, बग़ैर किसी फ़िल्टर के, एकदम साफ़गोई के साथ सम्प्रेषित किया जाता था।

चिंगी जब चार साल की थी और अभी भी 'र' को तुतलाकर 'ल' बोलती थी, तब की बात है। उसके पापा समीर की एक कलीग चिंगी से बात करते हुए ख़ुद भी तुतला-तुतलाकर बोल रही थी। चिंगी इससे परेशान हो रही थी। जब बहुत हो गया तो चिंगी ने आंटी के होंठों पर अपनी उँगलियाँ ठकठकाईं और अपनी ओर इशारा करते हुए पूछा, "चिंगी इज़ बेबी! आंटी इज़ आंटी! चिंगी ल-ल। आंटी ल-ल क्यूँ?" आंटी को बात समझ नहीं आई और वह और ज़ोर से हँस दी। चिंगी ने मुड़कर दादी को देखा और बड़ी-बड़ी आँखों से मदद माँगी। दादी ने समझाया, "मिसेज़ शर्मा, चिंगी आपसे कह रही है, वह तो बेबी है पर आप तो बड़ी हैं। वह र को ल बोलती है पर आप क्यूँ बोल रही हैं? मिसेज़ शर्मा, इसके कान तो ठीक से काम करते हैं ना।"

मिसेज़ शर्मा चिढ़ गई। उसे लगा कि दादी उसको चिंगी के बहाने बातें सुना रही है। भला इतनी छोटी बच्ची इतनी लॉजिकल बात कैसे कर सकती थी। पर चिंगी ऐसी ही थी। ग़ुस्सा आए तो ग़ुस्सा कर दे, रोना आए तो बिना सोचे रो पड़े। प्यार भी आए तो ज़ोर का और हँसी भी ऐसी कि खिल-खिल बहती जाए, बिना किसी बंदिश की।

इसीलिए आज चिंगी का 'वह किसकी बेबी है?' सवाल सुनकर सब चौंक ही नहीं गए, हिल गए। चिंगी के दिल पर गहरी चोट लगी थी।

चिंगी आगे भी बोलती गई, "एक चीज़ होती है डीएनए टेस्ट, उसे पेटरनिटी टेस्ट कहते हैं। वह मुझे करवाना है। मुझे पता लगाना है अपने बारे में। आप लोगों पर ज़रा भी भरोसा नहीं मुझे। झूठ बोलते हो आप सब। सबके सब चीटर्स हो। एक-दूसरे को करते हो चीट, मुझे भी करोगे।"

मम्मी जितने आराम से बोल सकती थी, बोली, "नहीं! ना तो हममें से किसी ने भी किसी को चीट किया है और ना ही हमने आज तक तुमसे कोई झूठ बोला है। तुम छोटी थी। तुम नहीं समझ पाती ये सब बातें कि क्यूँ हमारा ख़ानदान बाक़ी लोगों के ख़ानदान से अलग है। क्यूँ तुम्हारे

क्लासमेट्स के मम्मी-पापा, दादा-दादी वग़ैरह से अलग हैं हम लोग। क्यूँ हम लोग फ़िल्मों और सीरीयल्स में दिखाए जाने वाले परिवारों से अलग हैं। तुम नहीं समझ पाती ना बेटा।"

चिंगी को मम्मी की बात सुनकर अचानक कुछ याद आया। उसने एक और सवाल पूछ लिया, "एक बात बताओ। जब मैं छोटी थी और छत के पाइप पर चढ़ गई थी, याद है? सामने वाले घर के ज़िम्मी अंकल दौड़कर आए थे और उन्होंने मुझे उतार लिया था। उस दिन आप सबने मुझे बोला था- बेटा जो फ़िल्मों में और टीवी पर दिखाते हैं वह सब का सब झूठ होता है। वैसा रियल लाइफ़ में कुछ भी नहीं होता। और मैं तो यही सोचती रही कि जैसे हमारे घर में सब रहते हैं वैसे ही सबके परिवार में रहते होंगे। हर एक मम्मी-पापा, दादा-दादी, नाना-नानी के स्पेशल फ़्रेंड्स होते होंगे। पहली बार कुलसुम के घर स्लीप ओवर हुआ था तो सब लोग अपने घर के लोगों के बारे में बात कर रहे थे। तब मुझे लगा कि सबके घरों में ऐसा नहीं होता है। लेकिन बाद में वह बात मेरे दिमाग़ से उतर गई। पर अब मुझे समझ आ गया है सब कुछ। और इसीलिए मुझे पेटरनिटी टेस्ट करवाना है।"

इतनी देर से पापा अपने को ज़ब्त करके बैठे हुए थे। अचानक तेज़ी से उठे और चिंगी के पास आ गए। उन्होंने चिंगी से ज़रा तेज़ आवाज़ में कहा, "यह गूगल करके बहुत बड़ी साइंटिस्ट नहीं बन गई हो तुम। और बन भी गई हो तो सुन लो। पेटरनिटी टेस्ट, पेटरनल से बना है। यानी कि बाप का टेस्ट। यानी कि अगर यह करवाना हो भी तो यह सिर्फ़ मेरा सरोकार होगा। मेरा हक़ होगा। और आज तक मुझे ऐसी कोई बात नहीं सूझी। मेरे दिमाग़ में यह बात पौने सेकंड तक के लिए भी आकर नहीं गुज़री। और तुम बित्ते भर की लड़की तबसे बके ही जा रही हो? तुम करोगी अपनी माँ से ऐसे सवाल? हम सबसे? ऐसी परवरिश दी है हमने तुम्हें? मुझे बहुत शरम महसूस हो रही है इस बात पर चिंगी कि तुम मेरी बेटी हो। हम सब लोग फ़ेल हो गए हैं शायद।" अंत तक आते-आते पापा रो पड़े।

चिंगी के पास अब कुछ और नहीं था कहने को। पर उसका गुस्सा अभी भी बरक़रार था। पापा की बातों से और उनके रोने से वह बहुत गिल्टी भी महसूस कर रही थी। तो उसने अब वही इस्तेमाल किया जो हर सोलह साल के बच्चे का आख़िरी हथियार होता है।

वह अपना पूरा दम लगा के चीख़ी, "आई हेट यू। आई हेट पापा। आई हेट मम्मी। आई हेट नाना। आई हेट नानी। आई हेट दादा। आई हेट दादी। आई हेट एवरीवन। आई हेट माई लाइफ़। आई ऑल्सो हेट माईसेल्फ़। क्यूँकि मैं इस परिवार में पैदा हुई।" और यह सब कहकर वह अपने कमरे में भाग गई। और जितनी ज़ोर से दरवाज़ा बंद कर सकती थी, कर दिया।

उसके जाने के कुछ देर तक ना कोई कुछ बोला और ना ही अपनी जगह से हिला। फिर आनंद चाचा बोले, "मैं चाय बनाकर ला रहा हूँ, फिर आराम से बैठकर करते हैं बात।"

जब तक चाचा रसोईघर से लौटे, नानी पर्दा लगा रही थी, नाना और दादा ज़मीन पर पड़े हुए शीशे के टुकड़े समेट रहे थे, दादी कुर्सियाँ ठीक से रख रही थी। बस पापा, मम्मी के पास आकर बैठ गए थे और वे दोनों चुप थे।

कहने की ज़रूरत तो नहीं कि उस रात, इस घर में कोई भी सही तरह से नहीं सो पाया। ना चिंगी ना उसके घर के बड़े लोग।

अगली सुबह भी सबके सब अपने ख़यालों में गुम, रोज़ाना के काम निपटाते रहे। चिंगी भी अपना कोई असाइनमेंट करती रही। किचन में खाना बनाकर रख दिया गया था। किसी को किसी से बात करने की ज़रूरत नहीं थी। ऐसा इस घर में अक्सर होता ही था तो यह बात किसी को बहुत खटकी नहीं। हाँ एक बात हुई जो पहले कभी नहीं हुई थी इस घर में। सुबह-सुबह इस घर में टीवी चालू कर दिया जाता था। जो सुबह-सवेरे सबसे पहले सोकर उठता था वह टीवी ऑन कर दिया करता था- पर बहुत ही हल्के वॉल्यूम में। जैसे-जैसे ज़्यादा लोग उठते जाते, वॉल्यूम बढ़ता रहता था। चाय, कॉफ़ी, दूध, बादाम, नींबू-शहद, जिसका जैसा रुटीन था, वह लेकर वह टीवी के सामने बैठ जाता था और बात करता

रहता, या अपना कोई काम निपटाता रहता था। पर आज ऐसा नहीं हुआ। चिंगी जब तक अपने कमरे से बाहर आई उसने देखा सब अपने-अपने काम में व्यस्त हैं लेकिन टीवी किसी ने नहीं चलाया था।

चिंगी जानती थी कि कल रात को जो हुआ उसके बाद, कोई भी बात शुरू करने की ज़िम्मेदारी उस पर ही थी।

उसने आगे बढ़कर टीवी चालू कर दिया और वह चैनल लगा दिया जिसमें हर वक़्त सूर्यवंशम नाम की पिक्चर दिखाते रहते थे। यह फ़िल्म इस घर के सभी लोगों की 'कम्फ़र्ट फ़िल्म' थी। इतनी बार देख चुके थे सब लोग कि बिना दिमाग़ पर ज़ोर डाले, वो सारे डायलॉग बोल सकते थे साथ-साथ। अक्सर ही कोई ज़रूरी बात करनी होती थी किसी को, तब यही चैनल लगा दिया जाता था।

लेकिन आज जब सबने टीवी की आवाज़ सुनी तो थोड़ा चौंक गए। जैसे उन सबको अभी-अभी अहसास हुआ हो कि वे लोग नॉर्मल होने की ऐक्टिंग करने में इतने व्यस्त थे कि टीवी तो किसी ने चलाया ही नहीं।

उसके बाद चिंगी कमरे के बीचोंबीच पड़ी सेंटर टेबल पर बैठ गई। और सोफ़े पर तीनों तरफ़ बाक़ी लोग बैठ गए।

जब सब बैठ गए तो सबसे पहले तो चिंगी ने उठकर नानी का गाल चूमा, उनके गले से झूल गई और 'हैप्पी बर्थडे नानी' कहा। फिर वापस टेबल पर जाकर बैठ गई। उसने एक-एक करके सबको सॉरी बोलना शुरू किया। जिससे वह सॉरी कहती जाती, आँखों में आँख डाल, नरमाई से बोलती। दिल से बोल रही थी सॉरी। और उसने बस सॉरी यूँ ही नहीं कहा बल्कि वह हर बात स्वीकारते हुए कहा जिससे कल रात उसने सबको चोट पहुँचाई थी।

इस सबके बावजूद बाक़ी सातों लोग थोड़ा असहज महसूस कर रहे थे। मानो अगर अभी भी चिंगी ने आँसू बहाए होते, थोड़ा और चीख़ी-चिल्लाई होती तो बेहतर होता! पर अब ऐसा लग रहा था जैसे चिंगी ने कल रात अकेले ही एक निर्णय ले लिया हो। कि आज से, इसी जगह,

मेरा बचपन ख़त्म हुआ। और बाक़ी सब लोगों को लग रहा था कि वे चिंगी का ही नहीं, इस घर का बचपन ख़त्म होते हुए देख रहे थे।

चिंगी फिर बोली, "नाना ने सबको फ़ोन करके नानी की सरप्राइज़ पार्टी कैंसल होने की बात बोल दी थी। पर मैंने फिर से सबको फ़ोन करके कह दिया है कि हम कर रहे हैं पार्टी।"

इसके बाद चिंगी इस सबके बारे में कुछ नहीं बोली। बस नानी के बग़ल में दुबककर बैठ गई और लाड़ से दादी को ऑर्डर दिया कि वह और नानी पॉपकॉर्न खाएँगे और नानी की फ़ेवरिट फ़िल्म देखेंगे। अभी डेढ़ मिनट पहले कही गई बात और यह हरकत एक-दूसरे से मैच नहीं कर रही थी। लेकिन किसी ने इस बात को ज़ाहिरी तौर पर कहा नहीं। चिंगी ने फिर पापा से कहा कि फ़िल्म के बाद केक बेक करेंगे, ओके? पापा ने मुस्कराकर हाँ कर दी।

सब कुछ ठीक-सा लगने लगा था। वह दिन अच्छा ही गुज़रा। शाम को हमेशा ही की तरह चिंगी सबके साथ हँसी, बोली, ख़ूब खाना खाया, गेम्स खेले, गाने गाए और फिर कहा कि आज बहुत ख़ास तरीक़े से खींचेंगे फ़ैमिली फ़ोटो!

नाना-नानी, दादा-दादी, मम्मी-पापा, आनंद चाचा, जब सब एक साथ खड़े हो गए तब चिंगी ने एक हैरान कर देने वाली बात की। वह ख़ुद गई और सादिक़ नानू, एलिस अम्मची, रवि दादू और श्रीधर अंकल को खींचकर ले आई। श्रीधर अंकल की बीवी मृणमयी आंटी को भी लाई और नैना दादो को भी।

और फिर बोली, "यह है चिंगी की पूरी फ़ैमिली।"

जब चिंगी यह सब कर रही थी, सब बड़े लोगों की आँखें एक-दूसरे से मिलीं। सबकी आँखों में बहुत सारे सवाल थे। फिर चिंगी ख़ुद आकर उन सबके साथ खड़ी हो गई। चिंगी फ़्रेम के अंदर ही थी, बाहर नहीं। पर मम्मी को लगा कि चिंगी इग्ज़ैक्ट्ली इतने पास खड़ी है जिससे साथ होने का भ्रम हो सके और इग्ज़ैक्ट्ली उतनी दूर खड़ी है जैसे वह सिर्फ़ ख़ुद के साथ खड़ी हो, और किसी के साथ नहीं। पापा की नज़र में भी आई थी यह बात। क्यूँकि पापा ने मम्मी का हाथ अपने हाथ में लिया

और हौले से दबाया, और फिर धीमी आवाज़ में बोले, "कल चिंगी ने जब पेटरनिटी टेस्ट की बात की थी ना, तब उसने यह यह नहीं पूछा कि मैं किसकी बेटी हूँ या बच्ची हूँ... बल्कि..."

मम्मी ने बात वहीं से उठाते हुआ कहा, "हाँ वह बेबी बोली थी... बेबी!" पापा बोले, "और मैंने उसे डाँट दिया!" मम्मी बोली, "वह भी ज़रूरी था। वह समझेगी समीर, एक दिन ज़रूर समझेगी!"

फ़ोटो खिंचवाने के बाद चिंगी ने सबको बाय बोला और कहा कि होमवर्क करना है, और चली गई।

पार्टी कुछ देर और चली। सबने विक्टोरिया अम्मा की कमी महसूस की। ख़ास उनके लिए चिंगी ने उनकी पसंदीदा आलू की टिक्की भी तो ऑर्डर की थी। पापा बोले, "कोई बात नहीं। मैं पहुँचा दूँगा बाद में। बच्चों के लिए केक भी ले जाऊँगा!"

नाना बोले, "नहीं। जीवन को फ़ोन कर दो। केक वग़ैरह पैक कर दो। वह ही ले जाएगा। वह चिंगी से भी मिल लेगा। उससे शायद चिंगी खुलकर बात कर पाए... जब चिंगी ने फ़ोटो में सबको लाना शुरू किया तो मेरे दिल में हौल-सा उठा था। जैसे कुछ और होना बाक़ी है ..."

थोड़ी ही देर में जीवन वहाँ आ पहुँचा था। कुछ देर तक सब लोग उसके साथ बातें करते रहे। लेकिन नानी केक डब्बे में डाल ही रही थी उसको देने के लिए कि जीवन ने मना कर दिया। अपने बैग पैक की तरफ़ इशारा करके कहा, "नानी मैं घर नहीं जा रहा अभी। फ़्रेंड्स के साथ मोरनी हिल्स जा रहा हूँ। अचानक से बन गया प्लान।"

दादी ने कहा, "यह तो बहुत अच्छा आइडिया है। शायद हम सबको भी ऐसा प्लान बना लेना चाहिए। चिंगी रिलैक्स भी हो जाएगी। और जीवन, तू खोते दे पुत्तर कबसे कह रहा है आपको ले चलूँगा बाइक पर। कब आएगा वह दिन? अच्छा सुन, चिंगी से तो मिलकर जाएगा ना? जा बेटा। अपने कमरे में है वह। पता नहीं ऐसा कौन-सा असाइनमेंट है जो ख़त्म ही नहीं हो रहा।"

पर जीवन ने मना कर दिया। बोला, "बहुत लेट हो गया हूँ। आप लोग कितनी बात करते हो यार! चिंगी से थोड़ी देर पहले तो फ़ोन पर बात हुई थी। फिर कर लूँगा मैसेज।"

सब अंदर चले गए और जीवन भी अपनी बाइक की ओर बढ़ गया। बाइक तक पहुँचा ही था कि अचानक से उसे कुछ सूझा और उसने पलट के पीछे देखा। उसकी नज़रें ऊपर की तरफ़ चली गईं। चिंगी अपने घर की छत पर खड़ी थी। दो मिनट तक दोनों एक-दूसरे को देखते रहे, चुपचाप। फिर जीवन ने अपनी दो उँगलियों से चिंगी की ओर इशारा किया, फिर उसी हाथ की मुट्ठी बनाई और सीने के बायीं तरफ़ रख दी। और मुस्कराया। पर चिंगी कुछ नहीं बोली। मुस्कराई भी नहीं। बस पलटी और चली गई। जीवन ने एक गहरी साँस ली और बाइक पर बैठ गया।

यह बात चिंगी और उसके घरवालों को अगले दिन पता चली कि जीवन मोरनी हिल्स नहीं गया था।

लेकिन कहाँ गया था? यह बताने के लिए चलते हैं, जीवन के चिंगी के घर पहुँचने वाले वक़्त से ठीक पंद्रह घंटे पहले।

पिछली रात को जो सब हुआ था उसके बाद कोई नहीं सोया था। कोशिश करते रहे थे लेकिन नींद आई ही नहीं। सवा चार बजे के आसपास चिंगी के पापा ने यह कोशिश भी छोड़ दी। उठे तो कॉफ़ी पीने के लिए पर पता नहीं क्या सूझा कि बाहर सड़क पर ही निकल आए। और सोचते-सोचते उन्हें पता भी नहीं चला कि कब वह अपने दोस्त रोशन के घर आ पहुँचे। पर यहाँ पहुँचकर उन्होंने रोशन नहीं जीवन को फ़ोन लगाया। जीवन ही कहाँ सो पाया था सारी रात। वह तो ऐक्सपेक्ट कर रहा था कि कभी भी चिंगी आ धमकेगी। तो फ़ोन वाइब्रेट करते ही, बग़ैर चैक किए कि कौन है, वह बाहर निकल आया। चिंगी की जगह समीर अंकल को देखकर वह थोड़ा चौंक गया। ख़ैर, दोनों वॉक पर निकल पड़े। अंकल के मन में जो भी था उन्होंने जीवन के सामने उड़ेल दिया। चिंगी की कही हर बात, पेटरनिटी टेस्ट वाली बात समेत... सब कुछ! जीवन को समझ नहीं आ रहा था कि क्या बोले अंकल को, क्या करे। समीर ने उसका कंधा थपथपाया और कहा, "तू लोड मत ले। सलाह माँगने नहीं

आया था बेटा। दिल हल्का करने आया था। थैंक्यू।" जीवन ने उन्हें चाय के लिए अंदर आने के लिए कहा पर अंकल नानी के लिए फूल ख़रीदना चाहते थे और मंडी की तरफ़ निकल गए।

जीवन अपने कमरे में आकर बहुत देर तक सोचता रहा था। फिर अब्बू आ गए याद दिलाने कि आज सलमा बुआ के घर, यानी मोहसिन के घर जाना था। जीवन का कोई मूड नहीं था। एक तो वैसे ही जन्माष्टमी और ईद के चलते वह बहुत सह चुका था अपनी फ़ैमिली को! यही प्रॉब्लम थी ऐसी सेक्युलर फ़ैमिली में जन्म लेने की। त्योहार ही नहीं ख़त्म होते थे। और आज भगवान और ख़ुदा दोनों ब्रेक पर थे तो पंद्रह अगस्त का जश्न मनाना था। मोहसिन के पापा सिद्धेश अंकल हर चीज़ में थोड़े एक्स्ट्रा टाइप के थे। उनसे बड़ा देशभक्त ढूँढ़े नहीं मिलता। पंद्रह अगस्त और छब्बीस जनवरी दोनों ही दिन वह पगला जाते थे। अब तक तो उनके घर में छोले-भटूरे और लस्सी बनने शुरू हो गए होंगे। यह बात अलग थी कि वह बैठे-बैठे सोफ़े पर ऑर्डर दे रहे होंगे और सलमा बुआ और विक्टोरिया अम्मा रसोई में लगी होंगी। और अगर सितारा बुआ पहुँच गई हो तो वह भी। सिद्धेश अंकल औरतों और मर्दों के काम क्या होते हैं और क्या नहीं, इसे लेकर बहुत सजग थे।

कुलसुम जाने क्या कर रही होगी। आमना हँसते-हँसते और मोहसिन रोते-रोते पतंग के माँजे सेट कर रहे होंगे।

सिद्धेश अंकल के प्रोग्राम के तहत, पहले सबको ध्वजारोहण देखना पड़ता, फिर राष्ट्रीय गान गाना होता, फिर नाश्ता। उसके बाद या तो देशभक्ति से भरपूर कोई फ़िल्म देखनी पड़ती थी या कोई और प्रेरणदायक प्रोग्राम। उसके बाद पतंग उड़ाने का प्रोग्राम होता था।

आज इंडिया और पाकिस्तान के बीच कोई फ़्रेंड्ली क्रिकेट मैच था। जीवन को क्रिकेट के नाम से ही झुरझुरी-सी होती थी। उससे बोरिंग कोई खेल नहीं था दुनिया में। अब यही प्रोग्राम सितारा बुआ यानी कुलसुम-रेहाना की मम्मी के घर होता तो जीवन मना कर देता। यासेर अंकल और सितारा बुआ ऐसी बातों का बुरा नहीं मानते थे।

रेहाना, जीवन, जगत और कुलसुम चुपके से ऐसे ही नहीं बोलते थे सिद्धेश अंकल को – सिड़ी अंकल। एक तो अड़ियल ऊपर से खड़ूस। यह नाम वैसे बच्चों ने नहीं रखा था। उन्होंने रोशन और यासेर को सिद्धेश अंकल के बारे में गॉसिप करते सुना था। उन दोनों ने रखा था यह नाम। पर क्या करें, ऊलजलूल रिश्तेदार किसके नहीं होते?

अगर जीवन आज ना जाता तो सिद्धेश अंकल ख़ुद आ धमकते और बोलते, "बरखुरदार, आपने इनायत नहीं फ़रमाई हमारे ग़रीबख़ाने में तशरीफ़ लाने की?"

जितनी उर्दू सिद्धेश अंकल आधे घंटे में बोल देते थे, किसी ने बहादुर शाह ज़फ़र के दरबार में ना बोली होगी। उनकी ख़ुद की पत्नी सितारा के ख़ानदान की पिछली 16 पुश्तों में कोई नहीं करता था ऐसे बात। अंबाला में बसे थे वे लोग बचपन से। पंजाबियत का छौंका लगा के आसान-सी हिंदुस्तानी में बात करते थे घर के बड़े लोग। और बच्चे यानी- जीवन, रेहाना, आमना, जगत, मोहसिन और कुलसुम करते थे बात अँग्रेज़ी, हिंदुस्तानी और पंजाबी में। जिसमें सबसे ज़्यादा गालियाँ याद हो जाएँ बस उसी में।

ख़ैर, पूरी सुबह जीवन ने कुलसुम और मोहसिन को नज़रअंदाज़ किया। कुलसुम ने जीवन और मोहसिन को और मोहसिन ने सारी दुनिया को। मैच शुरू हो चुका था और सिड़ी अंकल यानी सिद्धेश अंकल की फ़ालतू-सी कमेंट्री भी।

अगर किसी कारणवश आप अभी तक अनुमान नहीं लगा पाए तो मैं आपको बता दूँ कि यक़ीनी तौर पर सिड़ी अंकल हमेशा पाकिस्तान की टीम को सपोर्ट करते थे, ताकि उनके 'मुसलमान' रिश्तेदारों को बुरा ना लगे। उनकी सलमा बुआ से शादी के बाद जब रोशन, इंदु, सितारा और यासेर को उनके इस नाक़ाबिले ऐतबार पाकिस्तान-प्रेम के बारे में पता चला था तो चारों ने बहुत समझाया था सलमा बुआ को, "बहन, अभी भी वक़्त है, भाग जाओ। इस आदमी का दिमाग़ ठीक नहीं।"

पर दुर्भाग्यवश सलमा बुआ उस वक़्त तक अपने 'आजकल पाँव ज़मीं पर नहीं पड़ते मेरे' वाले दौर से नहीं निकली थी। हँस पड़ी

अपनी बहन, भाई, बहनोई और भाभी की चिंता देखकर। नहीं भागी। कर ली बर्बाद अपनी ज़िंदगी। और अब बहुत सालों से उसकी हँसी ज़्यादातर ग़ायब ही रहती है।

क्या करती वह भी? मोहसिन और आमना अभी छोटे थे। निभा रही थी किसी तरह से। बस इतना हो गया था कि विक्टोरिया अम्मा सलमा और सिद्धेश के साथ शिफ़्ट हो गई थी। सिद्धेश अंकल वैसे तो विक्टोरिया अम्मा को प्यार और आदर से रखते थे अपने घर लेकिन तब भी कभी-कभार रोशन को मख़मली ताने मारने से नहीं चूकते थे। विक्टोरिया अम्मा सिड़ी अंकल की बकवास को किसी तरह क़ाबू में रखने में सफल हो जाती थी। पर कभी-कभार ऐसा भी मौक़ा आता था कि विक्टोरिया अम्मा की सूझबूझ और ज़िंदगी का अनुभव भी काम नहीं आता था। जैसे कि आज हुआ।

सिड़ी अंकल का एक प्रिय अंधविश्वास था कि जीवन जितनी बार अपनी सीट पर से उठता है, पाकिस्तान का एक विकेट ड्रॉप हो जाता है। दो बार ऐसा हो चुका था तो पक्की बात थी कि ऐसा तीसरी बार भी होगा ही।

सलमा ने टोका भी, यह तो फ़्रेंड्ली मैच है सिद्धेश, क्या फ़र्क़ पड़ता है जीत-हार से? पर सिड़ी अंकल, सिड़ी अंकल ऐसे ही तो नहीं कहलाते थे, झल्ला दिए जीवन पर। जीवन वैसे ही परेशान था क्यूँकि चिंगी फ़ोन नहीं उठा रही थी सुबह से। सिड़ी अंकल के टोकने से वह और चिढ़ गया और बस अपनी जगह से उठा और कहीं और जाकर बैठ गया। सिड़ी अंकल ने स्कोर देखा। पाकिस्तान वैसे भी मैच हारने ही वाला था। उन्होंने सोचा क्यूँ ना जीवन को ज्ञान देने का सुख लूटूँ?

बोले, "तबियत नासाज़ है आपकी, नौजवान? या कि कोई और वजूहात है आपकी इस मुसलसल बेचैनी के आलम की?"

जीवन बोरियत भरी आवाज़ में बोला, "कोई वजह नहीं है अंकल। मुझे क्रिकेट पसंद नहीं है। आप जानते हैं ना? और क्यूँ करूँ मैं पाकिस्तान को ज़बरदस्ती सपोर्ट? मन होगा तो करूँगा। मन होगा तो

इंडिया को करूँगा। वैसे मन तो होता है किसी को ना करूँ! बकवास है यह सब।"

सिड़ी अंकल के साथ बहुत कम ही ऐसा होता था कि उन्हें कोई पलटकर जवाब दे।

और जीवन तो कभी भी नहीं करता था ऐसे। उन्हें ग़ुस्सा आ गया। वह जीवन के पास गए और कंधे से पकड़कर उसे सीधा खड़ा कर दिया। सारे घर में टेंशन का माहौल हो गया। किसी ने टीवी बंद कर दिया।

अंकल ने व्यंग्यात्मक अंदाज़ में पूछा, अपनी उर्दू वुरदु भुलाकर। ग़ुस्से में उनको बड़े-बड़े शब्द नहीं सूझते थे शायद। तो वह अपनी औक़ात और भाषा, दोनों पर लौट आते थे।

"अच्छा? क्रिकेट पसंद नहीं? तो क्या पसंद है बेटे? लड़कियों की तरह बॉलीवुड का कोई फ़ैशन शो? कोई मर्दाना शौक़ भी हैं तुम्हारे?"

और कोई दिन होता तो जीवन इस बात को जाने भी देता। पर आज नहीं। उसने चिढ़कर पूछा, "अंकल, क्या होते हैं मर्दाना शौक़? अपनी बाइक पर लड़कियों के स्कूल-कॉलिजों के बाहर गेडियाँ लगाना? इसे शौक़ नहीं, हैरैसमेंट कहते हैं! आप ठीक कह रहे हैं। मुझे लड़कों जैसे शौक़ नहीं ही हैं।"

सिड़ी अंकल बहुत महीनों से कुछ कहने को कसमसा रहे थे पर कोई मौक़ा नहीं मिल रहा था। जीवन का यह जवाब सुना तो बस उन्हें मिल गया मौक़ा।

आवाज़ में व्यंग्य के साथ हिक़ारत भी घोली और पूछा, "लड़कों वाली कोई चीज़ नहीं पसंद लेकिन लड़के बहुत पसंद हैं ना?"

एक मिनट के लिए कमरे में ऐसा सन्नाटा फैल गया कि मानो सबकी साँस रुक गई हो।

फिर जीवन ने सधे हुए लेकिन हौले हाथों से सिड़ी अंकल को पीछे धकेला और पूरी तरह तन के खड़ा हो गया। सिड़ी अंकल शायद भूल गए थे कि उनके सामने बीस साल का जीवन खड़ा था, चौदह साल का शर्मीला मोहसिन नहीं।

जीवन ने हर शब्द पे ज़ोर देते हुए कहा, "हाँ सिद्धेश अंकल। मुझे लड़के पसंद हैं!"

वैसे यह बात आमना और जगत के अलावा घर में सबको पता थी।

यूँ तो रोशन, इंदु, सलमा, सितारा और यासेर लगभग हर मामले में काफ़ी खुले विचार रखते थे। पर यह बात उनमें से कोई स्वीकार नहीं कर पाया था कि जीवन गे यानी समलैंगिक है।

किसी की हिम्मत नहीं थी कि जीवन को गले से लगाकर बोल पाएँ कि 'इसमें क्या बड़ी बात है बेटा? तेरी हर बात, तेरी ही तरह प्यारी है हमें। और ज़माने से मत घबराना, हम हैं ना तेरे साथ।'

बस इतना किया था उन लोगों ने कि यह बात सिद्धेश तक नहीं पहुँचने दी थी आज तक। पर किसी तरह वह भी जान ही गए थे!

जीवन को अपने गे होने में ना कोई शरम थी, ना कोई हिचकिचाहट। पर आज तक वह अपने किसी बॉयफ्रेंड को घर नहीं लाया था। उसने बहुत बार इशारों में ये सारी बातें रोशन, इंदु, सलमा, सितारा और यासेर से कहनी चाही थीं। लेकिन सब लोग बात पलट देते थे, समझकर भी नासमझ बने रहते थे।

बस एक विक्टोरिया अम्मा थी जिसने एक बार, बस एक बार जीवन से बात करने की कोशिश की थी।

एक दिन जीवन गुमसम-सा खड़ा था और विक्टोरिया अम्मा ने उसकी पीठ पर हाथ रखते हुए कहा था,

"तू जैसा भी है बच्चे, तुझे जिस भी बात में ख़ुशी मिलती है, ज़रूरी नहीं है कि मैं समझ पाऊँ या मुझे ठीक लगे। हो सकता है मैं कभी भी तेरा खुलकर साथ ना दे पाऊँ। पर तू मेरा है, मुझे बहुत बहुत प्यारा है।" कहते-कहते उनकी आवाज़ भर्रा आई थी और जीवन की आँखों में भी आँसू आ गए थे। लेकिन उस दिन के बाद उन दोनों के बीच में भी कोई ऐसी बात नहीं हुई थी।

जीवन जानता था कि घर में सब उसे प्यार करते थे। शायद सिड्डी अंकल भी। लेकिन उन सबका प्यार हिम्मती नहीं था। और आज

जब बात खुलकर आई तो इंदु यानी उसकी ख़ुद की अम्मी तक ने साथ नहीं दिया। जीवन ने अपने बाबा की ओर देखा। रोशन बार-बार कुछ बोलने की कोशिश कर रहा था लेकिन नहीं बोल पा रहा था।

सिद्धेश जीवन के धकेले जाने से भड़क गए थे और चिल्लाकर बोले, "बुज़ुर्गों और बच्चों के सामने यह बकते हुए शरम नहीं आती तुम्हें?"

जीवन ने कड़वी मुस्कराहट के साथ कहा, "मुझे क्यूँ आनी चाहिए शरम? आपको आई थी क्या सलमा बुआ से इश्क़ करते समय? अम्मी और बाबा को आई थी क्या? सितारा बुआ और यासेर अंकल को आई थी क्या? आप सब लोग तो बहुत प्रोग्रेसिव जतलाते हैं ना ख़ुद को? प्यार हुआ तो ना मज़हब देखा ना धर्म! दिल देखा बस दिल! यही सुनाते रहते हैं ना आप सब? तो मैं किसी लड़के से प्यार करूँ, किसी लड़की से करूँ, दोनों से करूँ या किसी से भी ना करूँ, मुझे शरम तो किसी भी तरह के प्यार पर नहीं आनी चाहिए। जब तक मैं किसी को चोट ना पहुँचाऊँ, नुक़सान ना करूँ, ना अपना ना किसी और का, मैं किससे प्यार करता हूँ, वह बिलकुल जायज़ है। शरम तो आप लोगों को आनी चाहिए। आप लोगों के घर का एक बच्चा अकेला इतने सालों से जूझ रहा है आप लोगों की आँखों के सामने। कभी ख़ुद से, कभी अपने क्लासमेट्स से, आस-पड़ोस के लोगों से और इस समाज से। ये सारी लड़ाइयाँ मैं ख़ुद लड़ रहा हूँ और आगे भी लड़ता रहूँगा। और मुझे इस बात से ना कोई शरम आती है और ना ही डर है किसी बात का।"

यह कहकर वह तेज़ी से दरवाज़े की ओर बढ़ गया। फिर अचानक पलटकर कुलसुम के पास आया। वह डरी-सहमी खड़ी हुई थी, सिर झुकाए।

जीवन ने उसका चेहरा उठाया और नरमी से पूछा, "तूने बताया अंकल को?"

कुलसुम ने कहा, "हाँ। एक बार तुम्हारी और मेरी लड़ाई हो गई थी तो मैंने ग़ुस्से में आकर..."

जीवन ने और भी ज़्यादा नरमाई से पूछा, "किस बात पर हुई थी लड़ाई?"

कुलसुम ने कहा "याद नहीं अब।"

जीवन बोला, "तो एक ऐसी लड़ाई जिसके बारे में तुझे अब कुछ याद भी नहीं। ऐसी लड़ाई जो तेरे और मेरे बीच में हफ़्ते में सोलह बार होती है और रात होने से ही पहले हम दोनों भूल भी जाते हैं क्यूँकि भाई-बहन ऐसे ही होते हैं, उस लड़ाई की वजह से तूने इतनी बड़ी बात, जो मैंने तुझे बहुत भरोसे के साथ बताई थी, अपने दो मिनट के तैश की वजह से किसी को बोल दी?" कुलसुम ने धीमे से सिर हिलाया।

जीवन ने फिर पूछा, "तूने ही बताया था ना अपर्णा को? चिंगी के घरवालों के बारे में? है ना? और क्यूँ? क्यूँकि तेरी दोस्त नेहा का क्रश था मोहसिन पर? यह कितनी छोटी और स्टूपिड बात है यह तो अब तुझे भी पता चल ही गया होगा? और जो बात तूने अपर्णा को बताई वह कितनी बड़ी है! तुझे अगर किसी का कोई राज़ मालूम भी है तो तू उसे हथियार की तरह इस्तेमाल करेगी क्या? उससे चिंगी और उसके घरवालों पर क्या असर हुआ होग, सोचा तूने एक मिनट भी?"

कुलसुम रो पड़ी और रोते-रोते उसने "सॉरी" कहा।

जीवन ने उसके सर पर प्यार से हाथ रखा और कहा, "नहीं। अभी नहीं। इतनी आसानी से नहीं। जब तुझे मासूम और फ़ालतू गॉसिप और किसी को चोट पहुँचाने वाली बात में अंतर समझ आ जाए, उस दिन बोलना मुझे सॉरी।"

और जीवन मोहसिन के घर से निकल गया। बाक़ी लोग कुछ देर तक यूँ ही खड़े रहे। फिर सिद्धेश अंकल जिन्हें किसी बात से कोई फ़र्क़ नहीं पड़ा था, ने मैच फिर से लगा दिया। और बाक़ी सबसे बेपरवाही से बोले, "आप लोग क्यूँ परेशान खड़े हैं? बुरी सोहबत का असर है यह सब। वह बाबा है जिनके बारे में मैंने बताया था, उनके आश्रम में छोड़ आऊँगा इसे, वहाँ इलाज हो जाएगा इसका।"

किसी ने उनकी इस बात का जवाब नहीं दिया। बच्चों को सिद्धेश के पास छोड़कर ख़ुद दूसरे कमरे में चले गए। दोपहर से शाम तक यही बातें करते रहे कि क्या करें जीवन का? कैसे समझाएँ?

उस वक़्त उन लोगों को थोड़े ही पता था कि जीवन ख़ुद फ़ैसला ले चुका था। वह किसी से बाय नहीं कहना चाहता था, कोई बात नहीं करना चाहता था। उसने पीछे से कोई चिट्ठी भी नहीं छोड़ी। वह बस चिंगी और उसके घरवालों से मिलना चाहता था। और अब चिंगी को इशारे से यह बात समझाकर कि तुम मेरे दिल में रहती हो हमेशा, वह आगे बढ़ गया था।

जिस समय जीवन दिल्ली की ओर चला जा रहा था, लगभग उसी समय चिंगी नीचे उतरी। सब लोग बीच वाले कमरे में ही थे, पार्टी के बर्तन वग़ैरह समेट रहे थे। चिंगी ने पूछा कि क्या वह बस पाँच मिनट उन सबसे बात कर सकती है?

सब लोग उसी जगह आकर बैठ गए जहाँ सुबह बैठे थे, जब चिंगी ने उन सबसे सॉरी कहा था। और चिंगी भी फिर उसी सेंटर टेबल पर बैठ गई सबके सामने। सबको देखते हुए।

उसने इस समय भी बहुत नरमाई से बात शुरू की पर सुबह वाली हिचकिचाहट या शर्मिंदगी नहीं थी लहजे में। बल्कि एक ऐसी दृढ़ता थी जो किसी ने उसकी आवाज़ में पहले नहीं सुनी थी।

"आज शाम मैंने श्रीधर अंकल, मृणमयी आंटी, रवि दादू, नैना दादो, सादिक़ नानू और एलिस अम्मची को हमारे फ़ैमिली फ़ोटो में शामिल किया, क्योंकि वे सब भी तो हमारी फ़ैमिली ही हैं, है ना? आज तक आप लोगों ने ऐसा नहीं किया। शायद मेरी वजह से? पर अब तो मुझे सब पता चल गया है। मैंने आप सब लोगों को सुबह सॉरी बोला था ना तब यह नहीं बताया था कि मैं आप सबकी कितनी इज़्ज़त करती हूँ। आप लोगों की चॉइसेज़ की, आप लोगों के एक-दूसरे के साथ रिश्ते की और सबसे ज़्यादा कि आप लोगों ने कैसे मेरी परवरिश की है। मैं अपने से उम्मीद करती हूँ कि फिर कभी पापा को या किसी को भी मेरी परवरिश को लेकर शर्मिंदा नहीं होना पड़ेगा। लेकिन मैं आप लोगों से दो चीज़ें

माँगना चाहती हूँ। पहली तो यह कि जब मैं बड़ी हो जाऊँगी और अपने रिश्ते ख़ुद बनाऊँगी, चाहे दोस्ती के हों या प्यार के, आप लोग मेरे फ़ैसलों की इज़्ज़त करोगे, मुझे रोकोगे, टोकोगे नहीं।" सबने सहमति में सर हिला दिया।

चिंगी फिर बोली, "मैं आप लोगों जैसी नहीं बनना चाहती। मुझे नॉर्मल फ़ैमिली चाहिए अपने लिए। जैसी सबकी होती है। और दूसरी बात, जो कल रात हुआ और जिस कारण से हुआ वह बात हम लोग कभी नहीं करेंगे। मतलब आप लोगों में से कोई भी मुझसे नहीं करेगा कोई बात। कुछ नहीं समझाएगा। कुछ नहीं बताएगा।"

किसी ने कुछ कहा नहीं लेकिन सहमति में सिर भी नहीं हिलाया। चिंगी ने एक बार फिर नानी को हैप्पी बर्थडे बोला और बाक़ी सबसे गुडनाइट, और अपने कमरे में चली गई।

चिंगी और जीवन दोनों दोस्त अपनी-अपनी राहों पर निकल चुके थे। अकेले। एक-दूसरे के साथ के भी बग़ैर। एक दुनिया से जूझने, और दूसरी अपने आप से...

चाहे गीता बांचिये, या पढ़िये क़ुरान
मेरा तेरा प्यार ही, हर पुस्तक का ज्ञान

-निदा फ़ाज़ली-

ठिठुरती-सी सर्दी थी। प्यारी, गुलाबी, कुनमुनी धूप के साथ। यानी कि इससे बेहतर कोई मौसम हो ही नहीं सकता था एक रोमांटिक शॉट लेने का।

शॉट मुश्किल भी नहीं था। बस दो फूल फ़्रेम में आते हैं, एक-दूसरे को छेड़ते हैं, अठखेलियाँ करते हैं और फिर एक-दूसरे को चूम लेते हैं। इस सीन के बाद एड में आएगा एक कंडोम का पैकेट। हीरो की चाल चलता हुआ, ढिंचिक-ढिंचिक संगीत के साथ, डिस्को लाइट्स की रोशनी में नाचता हुआ। अपना काला चश्मा उतारेगा, टीवी के सामने बैठे दर्शकों की ओर इशारा करेगा और उन्हें याद दिलाएगा कि आप लोग फूल नहीं इंसान हैं और इसलिए आप सबको अनप्लैंड प्रेग्नेंसी और एसटीडी से बचने के लिए मेरी ज़रूरत है।

कंडोम वाला काम स्टूडियो में शूट हो चुका था और बाक़ी पोस्ट प्रोडक्शन में होना था। अब यह फूलों वाला सीन दिल्ली हाट में शूट हो रहा था।

छोटे बजट की फ़िल्म थी। एजेंसी का मालिक जोजो ही डायरेक्टर भी था और कैमरा पर्सन भी।

किसी कॉलेज के छात्र, जो शौक़िया पपेटरी सीख रहे थे, एक छोटे-से स्टाइपेंड के लिए इन फूलों को नचा रहे थे अभी। जोजो उन पर चिल्लाए जा रहा था। वह जितना चिल्लाता दोनों छात्र और घबरा जाते। जोजो फिर चिल्लाया, "अरे यार, मूवमेंट सही है लेकिन पैशन नहीं है। पैशन का मतलब समझते हो तुम दोनों?"

शूट से जुड़े सब लोग सात बजे से यहाँ भूखे-प्यासे खड़े हुए थे और जोजो सर को पैशन नहीं मिल रहा था। सबके सब चिढ़े हुए थे कि तभी, पैशन किस बला का, किस चीज़ का नाम है, सबको समझ आ गया, ख़ासकर जोजो को।

अचानक से एक लड़की फ़्रेम के बीचोंबीच आई तेज़ी से और उसने उन थके-हारे परेशान छात्रों के हाथों से दोनों फूल खींचकर अपने हाथ में ले लिए। फिर वहीं से चिल्लाकर जोजो की असिस्टेंट कैमरा पर्सन

को बोली, "ऐ स्मिता! हटा कैमरे के पीछे से जोजो सर को। और तू कैमरा रोल करती रह।"

और फिर उस लड़की ने फूलों के बीच में वह करवाया जिसे अँग्रेज़ी में हॉट, वाइल्ड सेक्स कहते हैं। ज़ाहिर-सी बात है, फूल थे बेचारे, तेरह सेकंड से भी पहले ही छिन्न-भिन्न हो गए। पर वह लड़की रुकी नहीं। प्रॉप वालों के पास जितने भी फूल थे उनका भी यही हश्र हुआ।

फिर वह लड़की गई जोजो सर के पास। जो बेचारा हक्का-बक्का खड़ा था। वह किसी डरे कबूतर जैसा दिख रहा था जो बिल्ली को अपनी ओर बढ़ता हुआ देख रहा हो। लड़की ने पहले जोजो की टीशर्ट की कॉलर को पकड़ा और फिर उसके कानों के पास अपने होंठ ले गई। एक-दो मिनट उसकी गरम साँसें जोजो के कानों को सहलाती रहीं। जब जोजो का दिल सँभलने ही नहीं फुदकने भी लगा, वह अचानक ज़ोर से चिल्लाई, "इतना पैशन काफ़ी है तुम्हारे लिए जोजो? और तुम उल्लू के चरख़े! तुम बनाओगे कंडोम का एड? ख़ुद का साइज़ तक तो पता नहीं! मीडियम साइज़ के हो लेकिन एक्स्ट्रा लार्ज पहनने की हवस है तुम्हारी? हैं?"

और यह बोलकर उस लड़की ने पहले जोजो के महँगे धूप के चश्मे उतारे और फेंक दिए। फिर खींचे जोजो के बाल और कान! पहले-पहल तो शूटिंग क्रू में से कोई भी जोजो की मदद को नहीं आया। दिल्ली हाट आए लोगों की भीड़ भी जमा होने लगी थी। आख़िरकार एक असिस्टेंट स्टाएलिस्ट हिम्मत करके आगे बढ़ा। उसने बहुत ही सावधानी से, लड़की को बग़ैर ज़रा-सी भी तकलीफ़ पहुँचाए, उसे जोजो से अलग किया। लड़की अभी भी ग़ुस्से में ही थी इसलिए बचाव करने वाला लड़का उसके सामने खड़ा हो गया, ताकि वह फिर से जोजो पर झपट ना पाए। लेकिन लड़की फिर नहीं बढ़ी जोजो की तरफ़, हालाँकि काफ़ी बिफ़री हुई थी। उसने अपना बैग उठाया, उँगलियाँ चटकाईं जोजो की तरफ़ और धमकी दी उसे, "मेरी शिकायत अगर मेरे घर पहुँची ना जोजो, तो मैं तेरे घर, वॉट्सऐप के सारे मैसेजेस के स्क्रीनशॉट्स लेकर पहुँच जाऊँगी! ओके?"

और फिर भीड़ को चीरती हुई आगे निकल गई। बचाव करने वाले लड़के ने एक बार जोजो की ओर देखा और फिर उस लड़की के पीछे-पीछे दौड़ने लगा। उसे डर था कि लड़की इतने गुस्से में है, कुछ गड़बड़ ना हो जाए।

कुछ देर तक लड़का पीछे-पीछे, लड़की आगे-आगे। फिर अचानक से लड़की घूमी और पूछा, "क्या है? मेरे पीछे-पीछे क्यूँ आ रहे हो? अगर थैंक यू सुनना है तो जोजो के पास जाओ, मैं तो बोलने वाली नहीं।"

लड़का बोला, "नहीं। उसकी ज़रूरत नहीं है। बस मैं तुम्हें ऑटो या मेट्रो में आराम से चढ़ता हुआ देख लूँ। इसीलिए आ रहा था पीछे-पीछे।"

यह सुनने के बाद लड़की शांत तो हो गई लेकिन पहले वाली अकड़ बरक़रार रखते हुए पूछा, "तुम रखोगे मेरा ख़याल? बहुत होशियार समझते हो ना अपने आप को? तुम तो इतने बड़े बेवक़ूफ़ हो कि बिरयानी में आलू डाल के खाते हो और इतने ढीठ हो कि उसे पुलाव नहीं बोलते।"

लड़के ने हैरानी से पूछा, "फिर बिरयानी? आलू? पुलाव? तुम्हारा दिमाग़ सच में सटका हुआ है क्या? क्या तुम जोजो सर पर भी इसीलिए चिल्ला रही थी?"

लड़की बोली, "मैं क्यूँ चिल्ला रही थी, इससे तुम्हारा कोई लेना-देना नहीं है। आलूख़ोर कहीं के!"

और वह तेज़ी से पलटकर चली गई। लड़का ज़रा-सी देर तो आलूख़ोर जैसी अनूठी गाली और लड़की के सनकीपन पर ग़ौर करता रहा और फिर धीरे-धीरे अपने क्रू के पास लौट गया।

लड़की ऑटो में बैठकर ठीक-ठाक घर तो पहुँच गई पर उसका पारा फिर चढ़ने लगा था। वह घर की चाभी से दरवाज़ा खोल ही रही थी कि किसी ने दरवाज़ा अंदर से खोल दिया। सामने खड़ी थी हेमा मौसी। लड़की उसके गले से लग गई और रोने लगी।

जोजो से उसका झगड़ा क्यूँ हुआ था कुछ देर में बताऊँगी। पर पहले आपसे एक सवाल? इतना तो आप लोगों ने अंदाज़ा लगा लिया ना कि यह सनकी, ग़ुस्सैल लड़की अपनी चिंगी ही है! पर इन छह सालों में क्या हुआ इसके साथ? और बाक़ी सबके साथ भी? चलिए मैं बहुत संक्षेप में बताती हूँ।

स्लीप ओवर के कांड और जीवन के घर छोड़ जाने के बाद थोड़ा-सा हंगामा और हुआ। कारण यह था कि जीवन अपने परिवार वालों से नाराज़ था, नाउम्मीद भी। लेकिन वह ग़ैरज़िम्मेदार नहीं था। उसने उसी रात, दिल्ली पहुँचते ही विक्टोरिया अम्मा को फ़ोन करके बता दिया था कि वह चिंगी की हेमा मौसी के पास रहेगा कुछ दिन और फिर मुंबई चला जाएगा। बस घर नहीं लौटेगा। वह किसी से बात नहीं करना चाहता फ़िलहाल। पर ठीक-ठाक है, कोई उसकी चिंता ना करे।

यह बात सुनकर घर में बाक़ी सबको तसल्ली मिल गई, सिवाय सिड़ी अंकल के। अगली सुबह वह पहुँच गए चिंगी के घर बवाल करने। और ग़ुस्से को बहाना बनाते हुए उन्होंने अपनी दिमाग़ की सारी गंदगी बाहर निकाल के रख दी। अपर्णा और कुलसुम तो ख़ैर बच्चियाँ थीं, जो बड़ों से सुना था, आधा-अधूरा समझ के उन्होंने उगल दिया था। उनकी कोई बहुत ही कुटिल मंशा तो थी नहीं। पर सिड़ी अंकल सारी दुनिया के ना सही, ख़ुद को अंबाला शहर के, ईमान-धर्म का ठेकेदार मानते थे। उन्होंने एक-एक करके सबके अफ़ेयर्स की निंदा की। अपनी तरफ़ से कभी मिर्च-मसाला तो कभी अपशब्द जोड़-जोड़ के जो मुँह में आया बकते चले गए। वह तो और बकते जाते अगर पुलिस ना आ पहुँचती।

पुलिस को चिंगी के घर से किसी ने नहीं बल्कि उनकी पत्नी सलमा ने बुलाया था।

चिंगी पर जो परसों शाम से गुज़र रही थी सो तो गुज़र ही रही थी, यह हंगामा देखकर उसके दिल में ख़ौफ़ भी बैठ गया। वह और भी ज़्यादा चुप हो गई। और अगले पाँच साल, यानी ग्रेजुएशन करने तक ऐसी ही रही। बस पढ़ाई करती रहती थी। ना कोई दोस्त बनाए और ना किसी लड़के पर अपना दिल आने दिया। उसने निर्णय ले लिया था कि प्यार,

मोहब्बत और शादी ज़रूर करेगी एक दिन। बस अभी नहीं। अभी बहुत बहुत समय के लिए नहीं।

सिड़ी अंकल के बखेड़ा करने के एक हफ़्ते बाद मोहसिन आया चिंगी से मिलने। दोनों ने एक साथ एक-दूसरे को सॉरी बोला। और एक साथ ही पूछा, "तुम/आप क्यूँ हो सॉरी? ग़लती तो मेरी थी ना?"

फिर मोहसिन ने चिंगी को एक चिट्ठी पकड़ाई। मोहसिन के हाथ में एक और भारी-सा पैकेज था। चिंगी ने पूछा तो नहीं, पर तब भी मोहसिन ने उसे दिखा ही दिया। उसमें एक भारी-भरकम, मज़बूत-सा ताला था और साथ में एक पर्ची थी। कुलसुम के नाम की। उस पर लिखा था, "जब तक तुम्हारी अक़्ल घास चरने गई है अपनी सहेली तमीज़ का हाथ पकड़कर, तब तक यह ताला अपनी ज़बान पर लगा लेना। ख़ास अलीगढ़ से मँगवाया है।"

कुलसुम की इस चिट्ठी को पढ़ के क्या प्रतिक्रिया हुई, यह तो पता नहीं लेकिन इस समय चिंगी और मोहसिन दोनों ही हौले से मुस्करा पड़े।

चिंगी ने धीमे से पूछा, "तुम्हारे डैडी जेल से आ गए?"

मोहसिन बोला, "पागल हो आप? जेल थोड़े ही भेज देते हैं सीधे। वह तो थाने तक भी नहीं पहुँचे। मम्मी की दोस्त हैं ना इन्स्पेक्टर आंटी? उन्होंने डैडी को डाँट-वाँट के छोड़ दिया। एक हफ़्ते से तो चुप हैं पर कभी भी फट सकते हैं। फिर पता नहीं क्या होगा।"

दोनों थोड़ी देर यूँ ही खड़े रहे। फिर मोहसिन ने कहीं बहुत दूर देखते हुए कुछ ऐसे बोलना शुरू किया जैसे वह चिंगी से नहीं भविष्य के मोहसिन से बात कर रहा हो, "चिंगारी, मैं ना बड़ा होकर अपने डैडी और अम्मी जैसा नहीं बनूँगा। उनसे बेहतर इंसान बनूँगा। ना डैडी जैसा बददिमाग़ और ना अम्मी जैसा डरपोक। मैंने डिसाइड कर लिया है। उनसे एकदम अलग बनूँगा।"

चिंगी बोली, "हाँ मैंने भी यही डिसाइड किया है। मैं भी अपने घरवालों जैसी नहीं बनूँगी।"

मोहसिन ने भौंहें उठाकर चिंगी को देखा और बोला, "आपके मम्मी-पापा तो बहुत अच्छे हैं चिंगारी।"

चिंगी ने पलटते हुए कहा, "तुम्हें क्या पता मोहसिन। जिस पर गुज़रती है वही जानता है।"

चिंगी जीवन की चिट्ठी लेकर अपने कमरे में आ गई। उस चिट्ठी में जीवन ने ना तो अपना नाम लिखा था और ना ही चिंगी का। बस दो वाक्य लिखे थे।

'तुमसे नालायक़ कोई और लड़की नहीं है इस दुनिया में। तुम्हारा दोस्त कहलाने में शरम आती है मुझे।'

चिंगी समझ गई कि ज़रूर ही उसके घर का कोई बंदा जीवन से बात करता रहता है। यह चिट्ठी उस बात की प्रतिक्रिया है जो उसने अपने घर वालों को आख़िर में कही थी। चिंगी ने चिट्ठी मोड़ी और दराज़ में रख दी।

अगले छह महीने तक ऐसी चिट्ठियाँ आती रहीं। मोहसिन चिट्ठियाँ चिंगी के घर के पोस्ट बॉक्स में छोड़ देता था। किसी चिट्ठी में लिखा होता- 'शरम है?' और उसके ग्यारह दिन बाद एक और चिट्ठी आती जिसमें लिखा होता- 'नहीं है। पता है मुझे!'

किसी में 'गधी कहीं की' लिखा होता तो किसी में बस 'च्च... च्च... च्च'।

चिंगी के बर्थडे के लिए आई चिट्ठी में एक प्लास्टिक का पाउच था। बहुत छोटा-सा। उसमें नीले जैल जैसा कुछ था, पानी जैसा दिखता। उसमें एक बत्तख़ का छोटा-सा कार्टून कट–आउट था। बत्तख़ मर गई थी और उसकी आँखें ऊपर चढ़ी हुई थीं। ज़ाहिर है उस नीले पानी में डूबकर।

जीवन चाहे कॉलेज में मैथ्स पढ़ रहा था पर उसकी सारी दिलचस्पी कार्टून और ग्राफ़िक नॉवल्स पढ़ने और लिखने में थी।

इस पाउच के साथ भी एक काग़ज़ था और उसमें जीवन ने लिख रखा था-

'मेरे पास एक बत्तख़ थी। मैंने उसका नाम बटर-जैम रखा हुआ था। बहुत प्यारी थी मुझे। वह भी अपने मम्मी-पापा की इज़्ज़त नहीं

करती थी और एक दिन चुल्लू भर पानी में डूब के मर गई। कल रात मैंने सोचा, हाय चिंगी बेचारी का तो मैथ्स कितना कमज़ोर है। उसे तो पता भी नहीं होगा कि एक चुल्लू, कितने मिलीलीटर का होता है? तो मैंने सोचा पुराना टीचर और दोस्त होने का फ़र्ज़ ही निभा दूँ।'

चिंगी का चेहरा ग़ुस्से से लाल हो गया। उसे लगा कि बस बहुत हो गया है। बहुत हो गई जीवन की बकवास।

उसने दराज़ से अब तक आई हुई सारी चिट्ठियाँ निकालीं, उसमें यह मरी बत्तख़ वाली चिट्ठी भी मिलाई और एक फ़ीते से बाँध दी सारी चिट्ठियाँ। उन्हें एक बड़े-से लिफ़ाफ़े में रखा। एक काग़ज़ उठाया और काले स्केच पेन से बड़े-बड़े, मोटे-मोटे शब्दों में लिखा- 'भाड़ में जाओ', और उसे हेमा मौसी के पते पर भेज दिया। इसके बाद जीवन की चिट्ठियाँ आनी बंद हो गईं।

इस वाक़्ये के कुछ दिन बाद उसने नानी और दादी की बातों से सुना कि जीवन दिल्ली छोड़ के मुंबई चला गया है। चिंगी ने उसके बाद जीवन की कोई ख़बर ना किसी से ली और ना ही ख़ुद ही पता की।

ग्यारहवीं के इम्तिहान देते ही चिंगी ने मम्मी-पापा से बोला कि वह अब दिल्ली जाना चाहती है। हेमा मौसी को कोई एतराज़ ना हो तो उनके साथ रहकर बारहवीं क्लास पूरी करके ग्रेजूएशन भी करेगी। हेमा मौसी को तो कोई एतराज़ था नहीं। और अगर चिंगी के घर में किसी को था भी तो उन्होंने चिंगी से कुछ कहा नहीं। बस ख़ूब प्यार से उसे हेमा मौसी के सुपुर्द कर आए।

हेमा मौसी किसी कॉलेज में समाज-विज्ञान यानी सोशियोलॉजी पढ़ाती थी। और अब पीएचडी भी कर रही थी। दो बार शादी कर चुकी थी और दो बार तलाक़। हर समय चहकती रहती थी जैसे सारी दुनिया और उसमें रहने वाले सब लोग बहुत ही मज़ाक़िया हैं। चिंगी के हमेशा गुमसुम रहने वाले अंदाज़ ने भी उनकी मस्ती नहीं छीनी। वैसे चिंगी भी अब पहले से तो ज़्यादा बोलने लगी थी पर इधर-उधर की बातें ही किया करती थी। उसके दिल में क्या हो रहा है किसी को नहीं पता था।

ग्रेजुएशन होते ही उसने बग़ैर ज़्यादा सोच-विचार के, मानो ऑटो-पाइलट पर ही पोस्ट ग्रेजुएशन के फ़ॉर्म भी भर दिए। जितनी पढ़ाकू वह पिछले चार सालों में बन गई थी, वह सिलसिला उसने पोस्ट ग्रेजुएशन में क़ायम रखा।

लेकिन एक बहुत बड़ी तब्दीली वह ख़ुद ले आई थी अपनी ज़िंदगी में। यूनिवर्सिटी के पहले ही दिन उसने निर्णय लिया कि चूँकि वह 21 साल की हो गई है, अब उसे प्यार और शादी दोनों ही को आने की इजाज़त देनी चाहिए अपनी ज़िंदगी में। और चिंगी ने जमकर डेटिंग की। उनमें से ज़्यादातर डेट्स एक डेट से ज़्यादा ना चलीं। दो तो आधी चलीं। जो ज़्यादा टाइम चलीं भी जैसे कुछ हफ़्ते या महीने वो भी किसी काम की नहीं निकलीं। उनमें से उल्लेखनीय हैं बरुन, विक्की और इक़बाल। बरुन और इक़बाल बेचारे अच्छे थे लेकिन मिलते ही शादी तय कर लेना और वह भी ऐसी शर्त के साथ कि अगर किसी और के बारे में सोचा भी तो उसी सेकंड शादी ख़त्म, वे दोनों समझ नहीं पाए। ऐसा नहीं था कि बरुन या इक़बाल दोनों में से कोई पहले से निर्णय लेकर के बैठा था कि चिंगी या जिस भी लड़की के साथ मोहब्बत और शादी करेंगे उसे धोखा देंगे ही। लेकिन चिंगी अपनी यह शर्त इतनी शिद्दत से रखती कि उन्हें डर लगने लगता।

इक़बाल ने तो यह भी कह दिया कि तुमसे मिलने से पहले जो क्रशेज़ और रिश्ते हुए हैं मेरे, मुझे वे भी ग़लत लगने लगे हैं। जैसे मुझे पैदा होते ही तुम्हारे साथ वफ़ादारी निभानी शुरू कर देनी चाहिए थी। और बरुन जो ब्रेकअप करते-करते टेंशन में पाँच इडलियाँ खा गया, रोते-रोते बोला था, "तुम मुझे बहुत अच्छी लगती हो चिंगारी। पर यार, तुम बहुत शदीद और सख़्त हो। मैं एक दिन तुम्हारे जैसे बनाना चाहता हूँ पर अभी मैं थोड़ी नरम, मुलायम-सी मोहब्बत चाहता हूँ। अगर कभी तुम्हारे जैसा बन पाया तो फिर मिलेंगे?"

चिंगारी ने उसके लिए तीन प्लेट इडली और मँगवाई और कहा, "तो कर लो अपना ढीलम ढाला, बग़ैर भरोसे वाला कैंडी फ़्लॉस लव। मैं तो इतनी ही संजीदा हूँ और रहूँगी।"

और तीसरा था विक्की जिसने चिंगारी की बातें सुनकर कहा था, "अरे शादी तो आज कर लेते हैं सच्ची। पर यार मैं धोखा-वोखा दिए बग़ैर नहीं रह सकता। और मैं मरकर नहीं चाहूँगा कि तुम बस मेरे साथ-साथ चिपकी रहो। हाय नहीं। इतने सारे बढ़िया-बढ़िया लड़कों को मैं जानता हूँ। तुम्हारी सेटिंग करवा दूँगा।"

चिंगारी को पता नहीं क्यूँ पर विक्की सबसे ज़्यादा पसंद आया था। यह सुनकर वह दुखी हो गई पर किसी तरह हिम्मत करके ब्रेकअप कर लिया। फिर यूनिवर्सिटी छोड़ के घर बैठ गई।

फिर उसे मिला फ़ेसबुक के किसी पेज पर सुरजीत। अपनी फ़ैमिली के साथ बहुत सारी तस्वीरें थीं उसकी। चिंगी को अच्छा लगा। यह मुझे समझ जाएगा, यह सोचकर चिंगी ने पहल की और सुरजीत की भी दिलचस्पी देख, दोनों ने मिलने की तारीख़ तय कर ली। सब कुछ बहुत अच्छा चल रहा था। फिर चिंगी ने शादी की बात छेड़ दी तो सुरजीत ने चौंककर पूछा, "क्या? तुम तो पढ़ी-लिखी हो, ऊपर से प्रोफ़ेसर हेमा की भांजी हो। तुम्हें नहीं लगता कि मैरिज इज़ अ पेट्रीआर्कल, कैपिटलिस्टिक सोशल कन्स्ट्रक्ट? और इंडिया में तो सिर्फ़ और सिर्फ़ कास्ट सुप्रीमसी क़ायम करने का एक औज़ार है शादी। यार! बड़ा दिल तोड़ा है तुमने भी ना।" यह कहकर सुरजीत ने अपने हिस्से का बिल भरा और चला गया।

इन चार लड़कों के साथ ब्रेकअप करके चिंगी के दिमाग़ में एकदम नया और अनूठा विचार सूझा। और इसी ख़याल का परिणाम था जोजो। चिंगी ने बाक़ायदा जोजो से अफ़ेयर चलाया। उस अफ़ेयर का अंजाम मैं पहले ही बता चुकी हूँ। लेकिन वह अंजाम क्यूँ हुआ था यह मैं आपको शुरुआत से बताती हूँ।

घर में इन चार ब्रेकअप के बाद लगातार बिसूरती और एक कमरे से दूसरे कमरे में किसी दुखी आत्मा की तरह डोलती चिंगी से हेमा मौसी को कोफ़्त होने लगी थी। उन्होंने चिंगी से कहा, "नहीं पढ़ना चाहती हो तो ना पढ़ो लेकिन फिर कोई काम ढूँढ़ लो। अगले महीने से मैं तुमसे इस घर का किराया लूँगी।"

और इससे पहले कि चिंगी कोई काम ढूँढ़ती मौसी ने ख़ुद अपनी एक सहेली जो बहुत बड़ी कॉपीराइटर थी, को लगाया फ़ोन। उसी की मार्फ़त पहुँची चिंगी जोजो सर की एजेंसी में।

और यह जो जोजो था, ठीक ही था। ना बुरा ना अच्छा। हाँ, हर औसत भारतीय मर्द की तरह उसे अपनी ख़ूबसूरती और क़ाबिलियत पर बेहद भरोसा था। अपने आप को हर काम में जीनियस मानता था। और ख़ूबसूरती के मामले में, क़ुदरत की ओर से दिया गया, दुनिया की हर लड़की के लिए एक नायाब तोहफ़ा। बग़ैर किसी मेहनत के उसे यह एजेंसी खोलकर दे दी गई थी। और अब वह छोटे-मोटे विज्ञापन बनाता था।

और चिंगी ने निर्णय लिया कि बस इससे अफ़ेयर चलाती हूँ मैं। चिंगी बाईस साल की थी और जोजो पैंतीस का। जोजो को इसमें भला क्या आपत्ति हो सकती थी? इतनी जवान लड़की उसे तवज्जो दे, इसी बात से वह ख़ासा गदगद था।

इस एड में मुंबई से ख़ासकर एक स्टाइलिस्ट सबरीना सिंह को बुलाया गया था। उनका एक असिस्टेंट था जिसका असल नाम तो कोई नहीं जानता था पर सबरीना मैडम उसे सिक्की कहती थीं तो सब ही उसे इसी नाम से पुकारने लगे।

तो उस कंडोम के एड का, जिसका पहले ही ज़िक्र आ चुका है, स्टूडियो वाला शेड्यूल चल रहा था। ऑफ़िस के रोज़ाना के लोगों और फ़्रीलांसरों को मिलाकर कुल 26 लोग थे सेट पर। सब लोग उकताए हुए बैठे थे। सीधा-सा काम था और तीन घंटे में निपटाया जा सकता था पर जोजो द जीनियस के चलते, आठवाँ घंटा चल रहा था।

आख़िरकार एक-दो असिस्टेंट्स को छोड़कर बाक़ी सब बाहर चले गए। चिंगी स्टूडियो से लगे एक छोटे कमरे में बैठी प्रोडक्शन नोट्स बना रही थी। सिक्की भी वहीं कुछ काम कर रहा था। दो-तीन असिस्टेंट्स बैठे हुए गप लगा रहे थे। सिक्की काम में डूबा हुआ था और पीछे क्या बात चल रही है उस पर ध्यान नहीं दे रहा था। जब तक कि आवाज़ें

अचानक से तेज़ नहीं हुई। उसने पलटकर देखा। जोजो सर की असिस्टेंट सीके यानी कि चिंगारी कुमार एक लड़के से बहस कर रही थी।

"क्या मतलब तुम्हें एक प्यारी-सी नॉर्मल फ़ैमिली चाहिए? क्यूँ चाहिए? किसलिए चाहिए? तुम तो ख़ुद एक सामान्य परिवार में पले-बढ़े हो। यही कहा था ना तुमने अभी। तो तुम्हारी हिम्मत कैसे हुई यह सपना देखने की? एक वाइफ़ हो, दो बच्चे हों, कोई कॉम्प्लिकेशन ना हो। यह सपना सिर्फ़ मेरे जैसे लोग देख सकते हैं! समझे? तुम मेरे सपनों को कॉपी नहीं कर सकते!"

जिस लड़के को वह डाँट रही थी, वह बहुत ही उलझन में लग रहा था। बाक़ी सब भी चुप थे। किसी के पल्ले चिंगी की बात पड़ ही नहीं रही थी।

बात तो सिक्की को भी नहीं आई समझ पर तब भी वह हँसकर बोला, "अरे! यह नॉर्मल फ़ैमिली जो भी होती है, दुनिया में आख़िरी बचा कोई गुलाबजामुन थोड़े ही है कि इसने खा लिया तो तुम्हें नहीं मिलेगी। दोनों को मिल जाएगी भई।"

चिंगी ने सिक्की को गुस्से से देखा और बोली, "नहीं, सिर्फ़ मुझे चाहिए। सिर्फ़ मुझे!"

और अपना लैपटॉप उठाकर चली गई। जिस लड़के को डाँट पड़ रही थी, सिर हिलाकर बोला, "अच्छी लड़की है वैसे सीके। आज पता नहीं क्या हुआ है सुबह से, हर बात पर भड़क रही है। चलो छोड़ो, काम ख़त्म करते हैं।"

आख़िरकार जोजो द जीनियस ने भी अपना काम ख़त्म किया। और अब सब स्टूडियो के बाहर बैठकर रात का खाना खा रहे थे। आज केटरर ने बिरयानी भेजी थी।

सिक्की अपने नए दोस्तों के साथ खाते हुए बातें कर रहा था। वही चिर-परिचित बहस छिड़ी थी जो हमेशा से होती रही है, होती रहेंगी और दोनों में से कोई पक्ष कभी नहीं जीतेगा। मुद्दा था कि मुंबई बेहतर शहर है या दिल्ली। यह बहस बड़े मज़े में चल रही थी। कि अचानक एक और बहस की आवाज़ सिक्की और उसके साथियों के कानों में पहुँची।

इस दूसरी बहस का मुद्दा भी कई दशकों या शायद उससे भी पहले से चला आ रहा था। मज़े की बात यह है कि यह वाली बहस सिर्फ़ हिंदुस्तान में नहीं, सरहद के पार, यानी पाकिस्तान में भी लगातार छिड़ी रहती थी। लाहौरियों और कराचीवालों के बीच। मुद्दा था कि बिरयानी में आलू डालना जायज़ है कि नहीं। और इस बहस के बीचोंबीच खड़ी थी सीके! यह बहस चिंगी के लिए नई नहीं थी। बचपन से ही, जब भी घर में बिरयानी बनती थी, सादिक़ नानू और दादी जमकर बहस करते थे। दोनों के लिए अलग-अलग बिरयानी बनती थी लेकिन बग़ैर बहस के दोनों एक गस्सा नहीं तोड़ पाते थे। और चिंगी हमेशा सादिक़ नानू वाली टीम में शामिल होती थी। सादिक़ नानू चुन-चुनकर सबसे अच्छी बोटियाँ चिंगी की प्लेट में डाल रहे होते और दादी को कह रहे होते, “रहने दो प्रीतिलता, तुम कलकत्ते वाले क्या जानो। अरे आलू ही क्यूँ? शलजम, बैंगन, तोरई, लौकी सब डाल लो इसमें। मेरी बला से! लेकिन फिर बिरयानी बोलकर इसकी तौहीन ना करो, पुलाव बोलो उसे!”

सिक्की को कोई फ़र्क़ नहीं पड़ता था कि बिरयानी में क्या डला है और क्या नहीं। बस गरमागरम हो और बग़ैर रायते के ना हो। लेकिन उसे मज़े लेने थे तो वह भी कूद पड़ा इस बहस में, आलू के पक्ष में! पंद्रह मिनट ख़ूब जम के बहस हुई। हैदराबादी, मालाबारी, अवधी, कलकत्ते की, दोन्ने और भटकल बिरयानी। हर बिरयानी का ज़िक्र हुआ। दोनों लोग बिरयानी का मूल ढूँढ़ते-ढूँढ़ते मुग़ल दरबार से होते हुए पर्शिया तक जा पहुँचे। बहस थम ही नहीं रही थी। आख़िरकार जोजो आया बीच में और चिंगी का हाथ पकड़ के, उसे साथ आने को कहा। चिंगी ने हाथ तो छुड़वा लिया पर बहस यहीं ख़त्म करने को राज़ी हो गई। लेकिन सिक्की के बग़ल से गुज़रती हुई, फुसफुसाकर पर ग़ुस्से में बोली, “भगवान करे तुम्हारी अगली बिरयानी की प्लेट में एक मोटी-सी, बड़ी-सी इलाइची निकल आए और सीधे तुम्हारे दाँतों में जा फँसे।”

सिक्की अपनी हँसी ज़ब्त करते हुए उतनी ही शिद्दत से फुसफुसाता हुआ बोला, “अगर अल्लाह की रज़ा हुई तो तुम्हारी अगली बिरयानी में अक्खी कोथमीर निकले!”

चिंगी जाते-जाते रुक गई और बोली, "हैं जी?"

सिक्की बोला, "उफ़्फ़ तुम दिल्ली वाले कितने डम्ब होते हो। अक्खी कोथमीर यानी साबुत धनिया!"

चिंगी ने मुँह बिचकाया और जोजो के पीछे-पीछे चल दी। सिक्की और बाक़ी लोग हँसने लगे।

फिर लोग सीके और जोजो को लेकर गॉसिप करने लगे। सबको पता था जोजो और सीके का अफ़ेयर चल रहा था। किसी को भी जोजो पसंद नहीं था। सीके अपने इस झगड़ालू स्वभाव के बावजूद सबको पसंद थी क्यूँकि काम बहुत अच्छा करती थी और हर किसी की मदद के लिए हरदम तैयार रहती थी।

किसी ने सुझाव दिया कि क्यूँ ना सीके और सिक्की का कोई चक्कर चलवा दिया जाए, नाम भी देखो कितने-मिलते जुलते हैं। सिक्की ने हँसकर कहा, "हाँ वह लड़की क्यूट भी है, मज़ेदार भी और कितनी ज़हीन भी। लेकिन यार मेरी एक गर्लफ्रेंड है मुंबई में, प्राची। और मैं बहुत प्यार करता हूँ उससे। सो नो थैंक्स।"

फिर अगली सुबह दिल्ली हाट में क्या हुआ यह तो आप जानते ही हैं।

तो वापस आते हैं हेमा मौसी के घर में। जब चिंगी गुस्से में उनके घर पहुँची थी और गले मिलकर रो दी थी, तब हेमा मौसी समोसा खा रही थी। हेमा मौसी की नज़रों में हर चीज़ का यही इलाज था। समोसा और अदरकवाली चाय। और चिंगी के आँसू पोंछकर वह समोसा गरम करने और दो प्याले चाय बनाने चली गई।

वापस लौटी तो चिंगी ने सारी बात बता दी। कल शाम के दो झगड़े, आज वाला झगड़ा।

हेमा मौसी ने पूछा, "तुम्हारा जोजो से अफ़ेयर चल रहा था?"

चिंगी ने कहा, "हाँ तो? ख़ुद तो पीछे पड़ी रहती हो अफ़ेयर कर लो, अफ़ेयर कर लो।"

मौसी बोली, "किसी ढंग के लड़के से! इस जोजो के बच्चे से नहीं। एक तो इतना बड़ा बोर है और ऊपर से शादीशुदा!"

चिंगी चिढ़कर बोली, "ओहो क्या बात है? आपका और मेरा परिवार तो बड़े आज़ाद ख़यालों वाला है ना? कितना कूल, कितना मॉडर्न और कितना लिबरल! मेरी माँ, तुम्हारी रेखा दीदी का अफ़ेयर नहीं चल रहा है श्रीधर अंकल से? वह शादीशुदा नहीं है? मम्मी की शादी नहीं हुई है क्या?"

हेमा ने कहा, "हाँ। पर तुम तो बहुत तड़ी मारती हो ना कि मैं तो उन सबसे एकदम अलग होना चाहती हूँ। नॉर्मल, पुरातनपंथी परिवार चाहती हूँ! फिर तुम...?"

चिंगी ने कुछ देर सोचा और बोली, "मैं एक एक्सपेरिमेंट कर रही थी।"

हेमा ने संदेहपूर्वक पूछा, "एक्सपेरिमेंट?"

चिंगी बोली, "मैंने चार अफ़ेयर चलाए। कोई शादी के लिए माना नहीं।"

हेमा बोली, "कैसे मानेगा कोई? तुम इतनी अजीबोग़रीब बातें करती हो। फिर चाहती हो कि वे लोग तुमसे शादी करने से पहले एक लीगल दस्तावेज़ साइन करके दें, जिसमें लिखा हो कि अगर शादी के बाद उनका दिल किसी और पर आया तो वे अपनी मर्ज़ी से अपने ऊपर केस दर्ज करवाने के लिए तैयार हैं! तुम उन पर मुक़दमा दायर कर दोगी! एक्स्ट्रा मैरिटल अफ़ेयर क्राइम नहीं है। पता है ना तुम्हें?"

चिंगी ने कहा, "वही तो मौसी! अगर होता तो मुझे थोड़े ही ऐसे दस्तावेज़ बनवाने पड़ते?"

मौसी ने अपना माथा पकड़ के कहा, "मेरे सर में दर्द हो रहा है। क्या बक रही हो यार तुम? एक तो तुम्हारा दिमाग़ है ही ख़राब और ऊपर से तुम्हें एक ऐसा सिरफिरा वकील भी मिल गया जो तुम्हारे इस फ़ितूर को अंजाम दे!"

चिंगी बोली, "वे ज़बरदस्ती थोड़े ही करेंगे साइन? अपनी मर्ज़ी से करेंगे। अगर मुझसे प्यार करते होंगे तो!"

हेमा मौसी बोली, "अपनी मर्ज़ी से? तुम्हारा दिमाग़ सच में चल गया है। मुझे बहुत टेंशन हो रही है अब।"

चिंगी उठी और एक गिलास पानी के साथ सर दर्द की गोली ले आई।

फिर से हेमा मौसी के बग़ल में बैठकर बोली, "तो मैं ख़ुद भी तो करने वाली हूँ ना साइन!"

मौसी ने पूछा, "तो बस तुम्हारे कहने से हो गया? तुम्हें हो गया अगर शादी के बाद प्यार तो जेल चली जाओगी? प्यार के मामले ऐसे चलते हैं क्या? अच्छा ख़ैर छोड़ो इस बात को। यह बताओ कि इतना बढ़िया प्लान बना ही रखा है तो इस जोजो के साथ काहे अफ़ेयर चला रही हो? अब यह मत बोलना कि तुम्हें नहीं पता था कि वह शादीशुदा है। सब जानते हैं कि उसकी सास ने उसे यह एजेंसी खोलकर दी है। गोल्ड डिग्गर कहीं का!"

चिंगी ने कंधे उचकाते हुए कहा, "हाँ पता था मुझे। बल्कि मैंने तो उसे चुना ही इसीलिए था क्यूँकि वह शादीशुदा है। मैंने तो उसके ऑफ़िस में पहली बार जाने से पहले ही उसे फ़ेसबुक पर चेक आउट कर लिया था।"

मौसी ने हाथ जोड़ लिए और थोड़ी नौटंकी करते हुए कहा, "तो इस नाचीज़, कमअक़्ल को भी समझा दीजिए चिंगारी जी कि आपने ऐसा क्यूँ किया, जबकि एक्स्ट्रा मैरिटल अफ़ेयर से बड़ा कोई गुनाह नहीं है आपकी नज़रों में?"

चिंगी बोली, "कहा तो मौसी, एक्सपेरिमेंट! मैंने सोचा अगर मेरी उम्र के सारे सिंगल लड़के शादी के नाम से बिदक रहे हैं तो क्यूँ ना थोड़ी बड़ी उम्र के शादीशुदा मर्द से अफ़ेयर कर लूँ। ज़ाहिर-सी बात है जिसने शादी कर रखी हो वह शादी की संस्था को सही ही मानता होगा। है ना? तो मुझसे कर लेगा वह शादी। और चलाएगा भी।"

मौसी ताली बजाने लगी और व्यंग्यात्मक लहजे में बोली, "तो मतलब यह कि एक शादीशुदा मर्द तुमसे शादी करने के बाद वफ़ा निभाएगा और इसका सबूत देगा अपनी अभी की पत्नी के साथ बेवफ़ाई करके? सुनो लड़की ऐसा है कि मैंने एक पिक्चर देखी थी 'इन्सेप्शन' नाम की। तीन बार देखी, दोस्तों से डिस्कस की, इंटरनेट पर उसके तमाम

मायने गूगल किए और तब कुछ पल्ले पड़ी। और उस फ़िल्म के सारे सिंबल्स भी तुम्हारे इस अद्भुत लॉजिक के सामने कुछ नहीं थे।"

चिंगी ने झेंपकर कहा, "मौसी एक्सपेरिमेंट था। फ़ेल हो गया। वैसे उस जोजो को भी मेरा लॉजिक नहीं समझ आया था। कल रात वह मुझसे बोला, सुनो तीन महीने हो गए हैं अफ़ेयर चालू हुए, सेक्स कर लें क्या? तुमने तो किस्स भी नहीं करने दिया है। मैंने कहा, हाँ हाँ ठीक है, प्रोटेक्शन ले आओ पहले। इतना चिंदी चोर है ना वह मौसी! वह एड बना रहे हैं ना कंडोम का? कार की पिछली सीट पर, उसके लिए भेजे सैंपल पड़े थे। बोला कि यही इस्तेमाल कर लेंगे। मैंने कहा, अरे एक्स्ट्रा लार्ज नहीं मीडियम साइज़ के होगे तुम, तो चिढ़ गया। मतलब मुझे कौन-सा पक्का पता था? मैं तो टाइमपास अंदाज़ा लगा रही थी। पर ख़ैर, वह इस्तेमाल करने की नौबत ही नहीं आई। उसने किस्स-विस्स करना शुरू किया तब भी मैं अपनी सोचों में गुम थी। सोच रही थी कि जो लॉजिक आपको समझाया है उसे कैसे समझाऊँ? तो वह बोला यार सीके, पैशन-वैशन नहीं है तुममें? मैंने कहा, है यार, पैशन भी है पर मेरी बात तो सुन लो। तुमने अपनी बीवी को तलाक़ के लिए बोल दिया कि नहीं? जोजो तुरंत से मुझसे अलग हो गया और चौंककर पूछा, तलाक़? मैं तलाक़ क्यूँ दूँगा? मैं प्यार करता हूँ अपनी वाइफ़ से। और तुमने तो तलाक़ वाली कोई शर्त रखी भी नहीं थी। तो मैंने कहा, बड़े अजीब हो तुम जोजो! तो मैं अफ़ेयर क्यूँ चला रही हूँ तुमसे? तो बोला कि और किसी ने तो आज तक नहीं कहा तलाक़ को। सुन रही हो मौसी? उसके, मेरे से पहले, और भी अफ़ेयर चल चुके हैं और उसकी बीवी को पता भी नहीं है। मैंने कहा, बड़े बेशरम हो यार। तो कहता क्या है, इसमें बेशरमी की कौन-सी बात है, सबकी रज़ामंदी थी। देखा मौसी? कितना बदचलन टाइप का निकला!"

ज़िंदगी में बहुत ही कम मौक़े ऐसे आए थे जब प्रोफ़ेसर हेमा लाजवाब हुई होगी। पर आज था ऐसा एक मौक़ा। वह हक्की-बक्की चिंगी की बकवास सुन रही थी। फिर किसी तरह हिम्मत करके बोली, "बहुत बड़ी ग़लती हो गई मुझसे चिंगारी जी, कि मैंने आपसे कहा कि आप अफ़ेयर कर लें। सोचा था कि आपको इश्क़ होगा तो ख़ुद समझ

जाएँगी कि आपके मम्मी-पापा, दादा-दादी, नाना-नानी ने वह सब क्यूँ किया जो किया। उन सबके दिल की सच्चाई समझ पाएँगी आप। पर आपका दिमाग़ तो पूरी तरह से ख़राब हो चुका है। और मेरा मन यह हो रहा है कि मैं आपको आपके कमरे में बंद कर दूँ और चाभी नोएडा के ब्रिज से नीचे फेंक दूँ। बस चिंगी मुझसे और नहीं सँभाला जाएगा तुम्हें। कल रेखा दीदी को फ़ोन कर रही हूँ कि तुम्हें ले जाएँ वापस अंबाला।"

चिंगी ने इस बात पर चोट खाई नज़रों से मौसी को देखा और अपने कमरे में चली गई। मौसी ने सचमुच अंबाला फ़ोन लगा दिया।

रात को मौसी गहरी नींद में थी कि चिंगी ने उन्हें झकझोर के उठाया।

मौसी घबरा के उठ गई और पूछा, "क्या हुआ?"

चिंगी बोली, "जोजो तो गधा निकला मौसी। पर मेरा ना दिल लग गया है फ़िल्म मेकिंग में। मैंने अप्लाई किया था पुणे के एक इन्स्टिट्यूट में। वहाँ से ईमेल आई है। सिलेक्शन के लिए एक इंटरव्यू देना है। पर मुझे पता है कि हो जाएगा मेरा सिलेक्शन। प्लीज़ मम्मी-पापा को कहो ना भेज दें मुझे इसके लिए। जॉब लगते ही सारा पैसा लौटा दूँगी।"

मौसी ने निंदियाई हुई आवाज़ में कहा, "अभी तक पढ़ाया है तो आगे भी पढ़ा ही देंगे। पर बहन मुझे माफ़ करो। परसों महेश अंकल और आनंद आ रहे हैं, तुम्हें वापस ले जाने के लिए। मैं तो नहीं करूँगी कोई बात तुम्हारे लिए।"

इतना बोलकर मौसी ने फिर आँखें बंद कर लीं और थोड़े ही देर में उसके खर्राटे भी शुरू हो गए।

चिंगी अपने कमरे में लौट आई और अगले दो-तीन घंटे तक उदास बैठी रही। फिर थक-हारकर वह भी सो गई।

अगले दिन दोपहर के वक़्त मौसी ने उसे जगाया। उसके बिस्तर के पैताने पर बैठ गई। फिर बोली, "मैंने समीर जीजा से बात कर ली है। जा सकती हो तुम पुणे। पर मेरी कुछ शर्तें है और मानने के अलावा कोई चारा नहीं है तुम्हारे पास। पहली बात तो यह कि हम प्लेन से नहीं ट्रेन से जाएँगे पुणे। पहले जाएँगे अंबाला। सबसे मिल लो। वहाँ से पकड़ेंगे झेलम

एक्सप्रेस। एक दिन का सफ़र है। और इन चौबीस घंटों में मैं बताऊँगी वह सब जो तुम सुनना नहीं चाहती। यानी कि तुम्हारे घरवालों के अतीत और वर्तमान के बारे में।"

चिंगी को आख़िरी शर्त नागवार तो बहुत गुज़री पर उसने कुछ नहीं बोला। हाँ में सर हिला दिया।

अगले हफ़्ते वे दोनों अंबाला स्टेशन पर खड़े थे और एक नई यात्रा शुरू करने वाले थे।

हर स्टेशन पर जो भी फेरीवाला आता, मौसी दरवाज़े पर खड़े होकर, "भैया! दादा! भाऊ! चाय? ढोकला? समोसा? वड़ा पाव? दाबेली? पोहा?" चिल्लाती रहती। फिर खाना आता तो बस चिंगी और ख़ुद मौसी के लिए नहीं बल्कि सारे कंपार्टमेंट के लिए। मौसी सबकी दोस्त, बेटी, सहेली, मौसी, बुआ, नाती, पोती सब कुछ बन चुकी होती। अपने हर सहयात्री की ज़िंदगी की हर प्यार भरी, हर दर्द भरी, कभी मजबूरी और कभी हिम्मत की कहानियाँ सुन चुकी होती। और बीच-बीच में चिंगी को सुनाती जाती उसके घर वालों की कहानी।

"सबसे पहली कहानी शुरू हुई, दिल्ली के रेडियो स्टेशन में।" हेमा मौसी ने बोलना शुरू किया।

"...जहाँ मेरी और तेरी मम्मी की बेबे, जिसे तू नानी कहती है, अपने मामा के साथ घूमने गई थी। 1963 में रेडियो स्टेशन भी एक ख़ास टूरिस्ट स्पॉट माना जाता था। नानी थी सत्रह साल की। अंबाला से पहली बार दिल्ली आई थी और उसे हर चीज़ देखकर मज़ा आ रहा था। पर रेडियो स्टेशन जाकर सबसे ज़्यादा ख़ुश हुई। वह तब भी उतनी ही बातूनी थी जितनी कि अब है। वहाँ जो बंदा मिलता, जो भी काम कर रहा होता, नानी अपने ढेरों सवाल दाग़ देती। थोड़ी ही देर में ख़ासी मशहूर हो गई वहाँ पर। इतनी मशहूर कि वहाँ के एक ख़ास सेग्मेंट करवाने वाले एक बुज़ुर्ग ने नानी के मामा से पूछा, आपकी भांजी रेडियो अनाउंसर बनाना चाहेगी? मामा ने हाँ कह दिया। मामा और भांजी इस ख़ुशी को अच्छे से मनाने के लिए एक नई रिलीज़ हुई फ़िल्म देखने चल दिए। फ़िल्म का नाम था 'मेरे महबूब'। और इसी नाम का एक गाना हर जगह धूम मचा

रहा था। नानी भी दीवानी हो गई राजेंद्र कुमार की। और उनसे से भी ज़्यादा उनकी फ़िल्म में पहनी हुई काली शेरवानी की। तो अगले दिन जब उनका पहला पहल प्रोग्राम चालू हुआ तो नानी का नानीपन शुरू हो गया। यानी कि एक के बाद एक गड़बड़। सबसे पहले तो उन्होंने अपना नाम बस कल्याणी नहीं बताया, बड़ी अदा से बोली 'मैं बोल रही हूँ कल्याणी कुमारी अंबालेवाली'! एक गायिका थी 1940-1950 के दशक में बहुत मशहूर- ज़ोहराबाई अंबालेवाली। बस उसी तर्ज़ पर नानी ने भी कह दिया। दूसरी बात, नानी ने दी हुई स्क्रिप्ट की परवाह नहीं की। बस 'मेरे महबूब' वाली काली शेरवानी, राजेंद्र कुमार के हुस्न, अलीगढ़ मुस्लिम यूनिवर्सिटी के लड़कों की बातें करती रही। चलो सिर्फ़ यही प्रॉब्लम होती तो उस प्रोग्राम के जो हेड थे वह माफ़ भी कर देते, यह सोचकर कि बच्ची का पहला चांस है। पर नानी की हँसी! उसे हर बात पर इतनी हँसी आती कि उसकी बातें, उसकी की गई अनाउंसमेंट्स, श्रोताओं को कुछ भी सही से सुनाई नहीं पड़ता। आधी-अधूरी बात सुनाई देती और फिर एक खिलखिल-खिलखिल हँसी जैसे कि हँसी का दौरा पड़ा हो। उस समय आजकल के रेडियो जॉकीज़ की तरह, कम समय में सबसे ज़्यादा बकर-बकर कैसी की जाए ऐसा रिवाज़ नहीं था। तो नानी का पहला प्रोग्राम ही उसका आख़िरी प्रोग्राम बन गया। पर नानी कौन-सी बड़ी संजीदा क़िस्म की लड़की थी? उसने आज तक नहीं सीखा संजीदा होना, तू जानती ही है। इस बात पर भी हँसी आ गई उन्हें।"

चिंगी ने सर हिलाया। और अचानक नानी पर लाड़ उमड़ आया उसे। तुरंत से नानी को "आइ लव योर लाफ़्टर" लिखकर वॉट्सऐप पर भेज दिया। नानी ने भी तुरंत, "आइ ऑल्सो लव योर खड़ूस फ़ेस, माई डार्लिंग" लिखकर भेज दिया। चिंगी ने हेमा मौसी की गोद में सर रखा और कहा कि आगे सुनाओ। पर हेमा मौसी को पहले चाय पीनी थी तो कहानी कुछ देर रुकी रही। फिर मौसी ने सुनाना शुरू किया।

"तो नानी का रेडियो में करियर तो नहीं बन पाया पर एक और सिलसिला शुरू हो गया। रेडियो स्टेशन पर नानी के नाम से एक ख़त आया। लाहौर से। पाकिस्तान से ख़त आया था इसीलिए आनन-फ़ानन में

नानी के मामा को ढूँढ़ा गया। फिर नानी के अंबाला के पते पर ख़त भेज दिया गया। विभाजन के ज़ख़्म ताज़े थे ना तब तक। लोगों को लगता था कि क्या जाने किसी पीछे छूटे रिश्तेदार, पड़ोसी या दोस्त का ख़त आया हो। पर ख़त निकला एक आशिक़ का। एक दिलफेंक लड़के का, जिसने लाहौर में बैठे-बैठे नानी का प्रोग्राम सुना था। सादिक़ ने नानी को लिखा, 'कल्याणी जी, जैसे आप हैं अंबालेवाली, मैं हूँ लाहौरवाला यानी कि सादिक़ लाहौरी! और आपकी हँसी पर फ़िदा हो गया हूँ। मैं पहले बस ख़ास-ख़ास मौक़ों पर काली शेरवानी पहनता था पर अब मैंने दर्ज़ी से कहकर बारह और सिलवा ली हैं। ताया जी और अब्बू ने बहुत मारा इस बात पर। पर मेरा इश्क़ सच्चा है और मैं आ रहा हूँ जल्द ही आपसे मिलने। अगर आप चाहें तो हम शादी कर लेंगे, नहीं तो मैं दीदार करके लौट जाऊँगा, कोई ज़बरदस्ती नहीं है।'

नानी के ऊलजलूल दिमाग़ और दिल पर इस ऊलजलूल चिट्ठी ने बहुत असर छोड़ा। उसके लिए रिश्ते आ रहे थे उन दिनों। नानी के मम्मी-पापा यानी कि मेरे नाना-नानी बहुत खुली तबियत के लोग थे। उन्होंने अपनी बेटी से कहा कि हम चाहेंगे कि तुम आए रिश्तों में से कोई पसंद हो तो हमें बता दो और फिर उस लड़के से मिल लो। ज़िंदगी तुमने बितानी है, हम सवाल-जवाब करके क्या करेंगे? नानी ने आई हुई फ़ोटोज़ में से एक मनोहर नाम के लड़के को चुना और उससे मिली। और उन्हें दिखा दी अपने पाकिस्तानी आशिक़ की चिट्ठी। मनोहर ने कहा कोई नहीं जी! ऐसा करते हैं कि जब तक सादिक़ मियाँ हिंदुस्तान नहीं पहुँचते हम दोनों शादी के लिए हाँ बोल देते हैं। एक बार आ जाएँ तो मैं रिश्ता तोड़ दूँगा। आप थोड़ा रोना-धोना मेरे लिए, आपके मम्मी-पापा को सादिक़ से शादी करवाने के लिए कोई एतराज़ हुआ तो वह धुल जाएगा आपके आँसुओं से। नानी और मनोहर दोनों दोस्त बन गए और दो साल मंगेतर बनने की ऐक्टिंग करते रहे। फिर आई बस एक और चिट्ठी सादिक़ साहब की। उसमें लिखा था मैं आने वाला हूँ। पर 1965 में पाकिस्तान और हिंदुस्तान के बीच में लड़ाई शुरू हो गई और सादिक़ अंकल जाने कहाँ ग़ायब हो गए। नानी और उनके मंगेतर मनोहर ने बैठकर इस बात को

डिस्कस किया और यह निर्णय लिया कि पूरी ज़िंदगी एक ऐसे आदमी के लिए, जिसे देखा भी नहीं अभी तक, और कितना इंतज़ार किया जाए?

तो दोनों ने शादी कर ली। और हाँ, नाना ने शादी पर पंडित और बाक़ी रिश्तेदारों के तानों की परवाह ना करते हुए, काली शेरवानी पहनी। सुना है कि मंत्रोच्चार नानी की खिल-खिल हँसी के कारण सुनाई नहीं दिया किसी को। ख़ैर, मनोहर और कल्याणी की दोस्ती धीरे-धीरे प्यार में बदल गई।

फिर हिंदुस्तान और पाकिस्तान के बीच एक और जंग शुरू हुई, 1971 में। रेखा दीदी पैदा होने वाली थी उन दिनों। एक दिन नानी अपने घर के सामने वाली सड़क पर नाना के साथ नारियल पानी पी रही थी। अचानक देखा, एक परेशान, ख़स्ताहाल आदमी, हर जगह से फटी, उधड़ी काली शेरवानी में खड़ा उसे देख रहा है। वह पास आकर पूछता क्या है, 'तुमने इंतज़ार नहीं किया मेरा?' नानी और नाना समझ गए कि यह सादिक़ मियाँ ही हैं। पहले तो वे उन्हें अपने घर ले गए। नहाने के लिए भेजकर खाना पकवाया। आराम करने को कहा और शाम को सुनी उनकी आपबीती। तो सादिक़ लाहौर से ढाका चले गए थे, यह सोचकर कि पूर्वी पाकिस्तान से ज़्यादा आसान होगा हिंदुस्तान जाना। पर बहुत बुरा समय चल रहा था ढाका का। फिर जब '71 की जंग हुई तो देश एक बार फिर टूट गया और बांग्लादेश का जन्म हुआ। वहीं से सादिक़ बचते-बचाते हुए हिंदुस्तान आ गए किसी तरह और अंबाला पहुँच गए। बस नानी के नाम के सहारे से ढूँढ़ते-ढाँढ़ते उसके घर पहुँचे। नानी बोली, पर अब तो मैं मनोहर से प्यार भी करती हूँ, शादी भी हो गई और अब बच्चा भी होने वाला है!

सादिक़ बोले, कोई बात नहीं, अब मैं पूरी शिद्दत से गा सकूँगा-
"निकले तेरी तलाश में
और ख़ुद ही खो गए,
कुछ बन पड़ी ना हमसे
तो दीवाने हो गए,
दीवानगी ने फिर,

तेरा कूचा दिखा दिया।"

नाना और नानी दोनों इस बात पर रो पड़े और सादिक़ जी भी। पर ख़ैर, फिर वह पाकिस्तान नहीं लौटे। कुछ दिन नाना-नानी के ही घर रहे। रेखा दीदी के पैदा होने के बाद तीनों ने मिलकर पाला उन्हें। फिर वह हिंदुस्तान के एक शहर से दूसरे शहर घूमते रहे। जो इश्क़ वह नानी के लिए लेकर आए थे, वह उन्हें इस देश से हो गया। या यह कहें, उन्हें हिंदुस्तान में अपना मुल्क मिल गया! उन्होंने अपने घरवालों को कह दिया कि उन्हें तो जितना लाहौर अपना लगता था उतना ही ढाका लगा और उतना ही अंबाला! तो वह अपने घर में ही हैं। उन्हें वापस बुलाने की कोशिश ना करें। घूम-घूमकर थक गए तो अंबाला में घर बना लिया। अपनी सारी घुमक्कड़ी के अनुभवों को किताबों का रूप दे दिया। और ख़ूब बिकीं उनकी किताबें। तब से अब तक वह यही कर रहे हैं। अपनी बेटियों का नाम तो मनोहर उस टाइम की मशहूर हीरोइंस रेखा और हेमा के नाम पर रख चुके थे पर जब रेखा दीदी की बेटी हुई तो सादिक़ अंकल ने रखा आपका नाम, चिंगारी जी! बस इतना ही क़िस्सा है।"

यह सुनाने के बाद हेमा मौसी तो चल दी किसी और कंपार्टमेंट में, नए दोस्त बनाने और फाफड़ा-जलेबी खाने। और चिंगी चुपचाप सोचती रही इस कहानी के बारे में।

हेमा मौसी लौटी तो चिंगी ने पूछा, "तो इसमें इमॉरल क्या हुआ? अफ़ेयर तो हुआ ही नहीं!"

हेमा मौसी बोली, "हाँ नहीं हुआ। पर यह क़िस्सा उन तीनों की दोस्ती के कारण मशहूर हो गया। लोगों को बातें बनानी थीं तो बनाईं। वे तीनों पहले एक बच्ची को टाँगे-टाँगे चंडीगढ़ के नीलम सिनेमा जाते थे हर एक फ़िल्म देखने। फिर कुछ साल बाद एक और भी आ गई, यानी कि मैं। तीनों को इतना चस्का था ना फ़िल्म्स का, वही उन्होंने हमें विरासत में दे दिया। हमें दिया तो दिया अपने समधियों तक को इस लपेटे में ले लिया। तो अब शुरू करते हैं उनके समधियों की कहानी।

प्रीतिलता नाम की एक लड़की थी। उसे प्यार हो गया था अपने मोहल्ले के एक लड़के रवि से। रवि भी करता था प्रीतिलता से प्यार। पर

रवि के माँ-बाप थे जात-पात को मानने वाले फ़ालतू लोग। उन्होंने अपने बेटे की शादी कर दी नैना नाम की एक लड़की से। नैना को शादी के नाम से ही चिढ़ थी। उसे यह प्यार, शादी, बच्चे सब समय की बर्बादी लगते थे। उसने अपने माँ-बाप को कहा भी, मत करो शादी मेरी! पर नैना के माँ-बाप को उसकी बातें कभी बचकानी और कभी बदतमीज़ी लगती थीं। उन्होंने बेटी की शादी ज़बरदस्ती करा दी। नैना आंटी के नए-नवेले पति, यानी रवि अंकल ने शादी की रात को ही बता दिया कि भई मुझे तो एक प्रीति नाम की लड़की से प्यार था पर मेरे माँ-बाप ने ज़बरदस्ती तुमसे करवा दी शादी। और मेरी प्रेमिका प्रीतिलता ने भी ग़ुस्से में आकर एक महेश नाम के लड़के से शादी को हाँ कह दिया है। वे भी जल्द ही शादी करने वाले हैं। नैना और रवि दो-तीन दिन इस बात को लेकर सोचते रहे। फिर सोचा कि चलो, प्रीतिलता की शादी तो रुकवा दें। फिर देखेंगे आगे क्या करना है। पर वे लोग थोड़ी देर से पहुँचे। हो चुकी थी शादी। पता नहीं बेचारे शादी की मिठाई भी एंजॉय कर पाए या नहीं?"

चिंगी ने चौंककर पूछा, "इतनी सीरियस बात सुना रही हो, उसमें मिठाई ले आईं? मुझे पागल बोलती हो? तुम हो पागल, मौसी!"

मौसी ने हँस के कहा, "पहली बात तो यह कि मैं चेक कर रही थी कि तुम ध्यान से सुन भी रही हो या नहीं? और दूसरी बात यह कि मुझे बहुत भूख लगी है। मथुरा आने वाला है, आलू-पूड़ी और पेड़ा खा के सुनाऊँगी आगे।"

खाने के बाद फिर शुरू हुई हेमा मौसी की कहानी।

"तो प्रीतिलता की शादी हो गई इस महेश नाम के लड़के से। अच्छा ही था। प्यार करता था, ख़याल रखता था। प्रीति ने उनसे रवि वाली बात छुपाई नहीं इसीलिए महेश इज़्ज़त भी बहुत करते थे, प्रीतिलता की सच्चाई की। कुछ साल बाद उनका एक बेटा हुआ।"

चिंगी ने खोए-खोए कहा, "दुनिया का सबसे हैंडसम बेटा! यानी कि चिंगी के पापा!"

हेमा मौसी ने कहा, "प्लीज़ कोई इतने हैंडसम भी नहीं हैं। अच्छा आगे सुन। पापा को हार्ट वाले ईमोजीस बाद में भेजना।"

चिंगी ने मौसी को जीभ चिढ़ाई और वॉट्सऐप पर पापा को पिंग करके ही दम लिया।

मौसी आगे बोलने लगी, "यह हैंडसम बेटा बीमार पड़ा तो डॉक्टर के पास ले गए। डॉक्टर के क्लिनिक के पास था दादी के पुराने प्रेमी रवि का ऑफ़िस। मिलना तो था ही। मिल गए एक दिन, रवि, नैना, प्रीति और महेश। प्रीति और रवि की सारी पुरानी यादें और अहसास लौट आए। दोनों ने यह वाली बात भी पहले ही की तरह, अपने पति-पत्नी से ना छुपाई। नैना आंटी ने कहा रवि अंकल से, देखो यार मुझे तो कोई इंट्रेस्ट था नहीं तुममें। पर अगर तुमने तलाक़ दिया तो मेरे माँ-बाप मेरा जीना दूभर कर देंगे। और इस सबमें मेरी तो कोई ग़लती है नहीं। तो ऐसा करते हैं कि एक डील मैं तुम्हें ऑफ़र करती हूँ। अगर तो प्रीति मुझे तुम्हारी लाइफ़ में रहने दे तो तुम चला लो उससे अफ़ेयर। और बदले में तुम मुझे एक लोन दे दो। मैं अपना ट्रकों का बिज़नेस चालू करना चाहती हूँ। सारे पैसे लौटा दूँगी, जब कमाई होगी तब। रवि अंकल बोले, लोन नहीं, मैं तुम्हें ये रुपए तोहफ़े में दे दूँगा। पर क्या महेश मानेगा? तो अब बात की गई महेश से। महेश दुखी हो गया। उसने कहा, ठीक है कर लो अफ़ेयर, पर मैं तलाक़ नहीं दूँगा। यह सब चलता रहा एक साल। एक और बच्चा भी पैदा हो गया। और प्रीति ने रवि से कहा, यार तुम अपनी पत्नी के साथ उनकी पसंद का बिज़नेस करो और मुझे भूल जाओ। कुछ टाइम बाद महेश अंकल को लगा कि मैं तो दो प्रेमियों के बीच आ रहा हूँ। वह प्रीति आंटी से बोले, चलो तलाक़ कर ही लेते हैं। लेकिन तुम रहना आसपास ही। इसमें इन दो बच्चों की क्या ग़लती है? और वह मिलने चले गए वकील से। पर अगले तीन साल तक किसी ना किसी कारण से तलाक़ टलता रहा। लेकिन प्रीति और रवि दोनों अपना अफ़ेयर फिर से शुरू कर चुके थे। एक दिन महेश अंकल की वकील ने उन्हें अपने दफ़्तर बुलाया और कहा, मिस्टर महेश बंद कीजिए यह बकवास। तलाक़ टाल-टाल के मेरा और अपनी वाइफ़ का टाइम मत वेस्ट कीजिए। महेश अंकल दुखी हो गए। वकील फिर आगे बोली, अपने आप को धोखा देना बंद कीजिए, मैं बेवक़ूफ़ नहीं हूँ, मैं जानती हूँ कि आपका मुझ पर दिल आ गया है।

लेकिन आप डरपोक इतने हैं कि चक्कर लगाते रहेंगे, फ़ीस देते रहेंगे मुझे, पर यह नहीं बकेंगे मुँह से। महेश अंकल बोले, नहीं, एडवोकेट जॉर्ज यह बात नहीं है। डर नहीं है शर्मिंदगी है। मैंने अपनी वाइफ़ को इतना दुखी किया, धोखेबाज़ बोला और अब मैं ख़ुद! वक़ील बोली, तो इसमें नया क्या है? मोस्ट मेन आर इस्सेंशियली स्टूपिड। तभी तो मैं सिंगल हूँ। आप लोगों में ज़्यादातर मर्द अपने को पार्टनर नहीं स्वामी मानते हैं बीवियों के। मैं इस दफ़्तर में बैठे-बैठे यही तो देखती हूँ रोज़। वैसे मुझे आप, अपनी स्टूपिडिटी के बावजूद पसंद हैं। पर मेरा कोई इरादा नहीं कि मैं किसी आदमी को इतनी ज़्यादा अहमियत दूँ, कि एक्सलूज़िवली उसकी होकर रहूँ। मेरा एक और बॉयफ्रेंड है। मैं आपके साथ भी आपकी वाइफ़ के कन्सेंट के साथ अफ़ेयर करने के लिए तैयार हूँ। वैसे लगता नहीं कि उनको बहुत दुख होगा। और इस तरह आई महेश अंकल और प्रीति आंटी की ज़िंदगी में तुम्हारी एलिस अम्मची! और नैना आंटी का बिज़नेस? वह भी हुआ। तुम्हारी दादी, दादा और रवि दादू ने बहुत मेहनत की। रुपए बचाए और इस तरह आए नैना दादो के पहले दो ट्रक। अब वह पंजाब की टॉप मोस्ट बिज़नेसवुमन मानी जाती है। और फ़ैमिली में लगभग सबके पास उसकी कंपनी के शेयर्स हैं। अगर नैना आंटी की कोई लव लाइफ़ है भी या पहले हुई, मुझे नहीं पता। पर हो भी सकती है। चलिए मैडम। सो जाइए। आपके मम्मी-पापा की कहानी अब पुणे में सुनाऊँगी। साओजी मटन और संतरे की बर्फ़ी खाने के बाद।"

चिंगी ने कहा, "आपको खाने के अलावा कुछ सूझता है क्या?"

मौसी बोली, "नहीं! बिलकुल नहीं। ओके गुडनाइट।"

चिंगी कुछ देर तो इन दो कहानियों के बारे में सोचती रही, फिर ट्रेन के हिचकोलों में उसे प्यारी-सी नींद आ गई।

अगले दिन चिंगी का इंटरव्यू था। इंटरव्यू के बाद मौसी और उसने छक के खाया और उसके बाद एक पार्क में जाकर बैठ गईं।

हेमा मौसी ने बोलना शुरू किया, "तो एक तरफ़ अंबाला में मनोहर, कल्याणी और सादिक़ के क़िस्से मशहूर हो रहे थे, और दूसरी तरफ़, नैना, रवि, महेश, प्रीति और एलिस के। एलिस अम्मची की बचपन

की दोस्त थी तुम्हारी नानी, कल्याणी। उन लोगों को जब एक बार बातों-बातों में पता चला कि दोनों ही की लाइफ़ में स्कैंडल इतनी बड़ी चीज़ है तो उनकी दोस्ती और गहरी हो गई। फिर एक दिन महेश अंकल के बर्थडे पर एलिस ने कल्याणी को, उनके पति मनोहर और दोस्त सादिक़ को भी बुलाया। इन सबके बीच स्कैंडल वाली बात तो थी ही एक जैसी पर उसके अलावा भी बहुत कुछ रहा होगा कि सब बहुत अच्छे दोस्त बन गए। अक्सर मिलकर अपने पंचायती रिश्तेदारों का मज़ाक़ उड़ाते। रिश्तेदार और शहर के बाक़ी लोग ग़ीबत से बाज़ ना आते और ये सब लोग मज़े लेने से।"

चिंगी बोली, "आगे का गेस्स कर लिया मैंने। इन लोगों के बच्चे मिले और..."

हेमा बोली, "हाँ जैसे बहुत ही कोई कमाल की बात थी यह गेस्स करना। लेकिन एकदम से नहीं मिले। दोनों घरों के बड़े बच्चे यानी रेखा और समीर अंबाला से दूर रहकर हॉस्टल में पढ़ रहे थे। ख़ुद तो बड़े लोग ताने तिश्रे सह रहे थे मगर बच्चों को उन सबसे दूर रखना चाहते थे। तो थोड़ा टाइम लगा इन दोनों के मिलने में। दोनों अपने-अपने स्कूल और कॉलेज में अफ़ेयर भी करते रहे। पर दोनों ही की बात नहीं बन रही थी। एक-दूसरे से मिलते थे छुट्टियों में, दोस्त-वोस्त भी थे पर कभी एक-दूसरे को किसी और नज़र से नहीं देखा था। एक बार दोनों बात करते-करते डिस्कस करने लगे कि वे कैसा रिश्ता चाहते हैं। रेखा बोली, मैं तो इस बात में ही यक़ीन नहीं रखती कि मोनोगैमी संभव है। समीर ने पूछा, क्यूँ नहीं समझते यह बात बाक़ी लोग? ख़ैर मैं तो शादी करूँगा भी तो ओपन मैरिज। रेखा ने पूछा, और कोई शर्तें है तुम्हारी? समीर बोला, हाँ यह कि अगर बच्चे हुए तो हॉस्टल में नहीं रखूँगा। रेखा ने कहा, हॉस्टल तो मैं भेजना चाहती हूँ अपने बच्चों को लेकिन यह इतनी बड़ी शर्त भी नहीं कि मैं इस बात के लिए मना कर दूँगी। पर हाँ एक शर्त है मेरी, जो कोई समझता नहीं है पर मेरे लिए बेहद ज़रूरी है। मेरे माँ-बाप और सास-ससुर सब मेरे साथ रहे। मैं नहीं छोड़ने वाली अपने बाऊजी और बेबे को।

समीर बोले, एकदम सही बात है यार। यही होना चाहिए। तो क्या हम दोनों सोचें इस ओर?

रेखा बोली, लिव इन नहीं कर सकते? समीर और रेखा दोनों ने अपने अपने माँ-बाप को लिव इन करने के लिए राज़ी कर लिया। पर जब रेखा प्रेग्नेंट हुई तो दोनों ने बहुत सोचा और फिर एक दिन शादी कर ही ली। जब तुम दो साल की थी तो तुम्हारे पापा को एक मिशेल नाम की फ़्रेंच सिंगर से प्यार हो गया। वह यहाँ म्यूज़िक पर रिसर्च कर रही थी। तुम्हारे पापा के कॉलेज भी आती थी। पापा ने तुम्हारी मम्मी को बताया। मम्मी ने कहा ठीक है, पर तुम्हें पता है ना, मिशेल के लिए यह सिर्फ़ हॉलीडे रोमांस है, थोड़ा सोच-समझ के दिल लगाना। पर मिशेल के जाने के बाद तुम्हारे पापा अरसे तक दुखी रहे। तब तक एक बाइकिंग ट्रिप पर मम्मी को एक दिलचस्प आदमी मिला, मेजर श्रीधर। वह और उसकी पत्नी भी ओपन मैरिज में बिलीव करते थे। मम्मी और श्रीधर अंकल जब एक-दूसरे की कशिश में बँधे तो दोनों ने ख़ुद को नहीं रोका। अपने-अपने पार्टनर्स को बता चुके थे, ज़ाहिर है। और तब से अब तक दोनों का प्यार क़ायम है। हाँ, पापा को कोई और नहीं मिली। उन्होंने ज़बरदस्ती ढूँढ़ना भी ठीक नहीं समझा। मृणमयी आंटी को भी कोई दिक़्क़त नहीं है। तो बस, इतना-सा क़िस्सा है इन सबका।"

बहुत देर तक हेमा मौसी और चिंगी चुप बैठे रहे। फिर चिंगी को फ़ोन आ गया कि उसका सिलेक्शन हो गया है फ़िल्म कोर्स में। दोनों ने ख़ूब एंजॉय किया सारी शाम। फिर मौसी ने अगले दिन चिंगी को उसके नए पीजी में शिफ़्ट करवा दिया। अगले दिन चिंगी मौसी को छोड़ने स्टेशन तक आई। मौसी ने उससे पूछा, "ये जो कहानियाँ तुम्हें सुनाई मैंने- कुछ आया समझ में? अब तो नाराज़ नहीं हो ना मम्मी-पापा और बाक़ी सबसे?"

चिंगी बोली, "उन लोगों से नाराज़गी तो तुम्हारे पास जब बारहवीं में पढ़ने आई थी तभी छोड़ दी थी। पहले हफ़्ते में ही! इतना मिस कर रही थी ना! पर मौसी यार, मैं अपने आप से नाराज़ थी। ख़ैर, आ गई बात कुछ-कुछ समझ में। मैंने यह जान लिया है कि प्यार-व्यार होती ही है

बकवास बात। मैं बस अब शादी करूँगी तो किसी के साथ के लिए। ओनली कम्पेनियनशिप। नो लव।"

हेमा ने मन ही मन गहरी साँस ली। पर चिंगी से आराम से बोली, "ठीक है वही करना। पर रब्ब दे वास्ते कोई ऐक्सपेरिमेंट मत करना, जोजो-फोजो टाइप के गधों के साथ! चिंगी जो जोजो क़िस्म के लोग करते हैं और जो तुम्हारे घर के लोगों ने किया, उनमें ज़मीन-आसमान का अंतर है। ऐसा नहीं कि बहुत आसानी से सादिक़ अंकल ने दिल पर क़ाबू पाया होगा। महेश अंकल का भी दिल दुखा। प्रीति आंटी और रवि अंकल कभी शर्मिंदगी और कभी चाहतों के ज़ोर के बीच लटककर, टूटे भी होंगे। मैंने तुम्हें बस बहुत ही ऊपर-ऊपर से बताया है सब कुछ। जोजो अपनी पत्नी को धोखा दे रहा है और इस चक्कर में ख़ुद को भी। तुम शादी करो, प्यार करो, दोनों करो, या कुछ ना करो। और भी ग़म हैं ज़माने में मोहब्बत के सिवा, है ना? पर ख़ुद को और किसी और को धोखा ना दो, इसका ख़याल रखना। ओके? वैसे मेरी तो यही ख़वाहिश है कि तुम्हें वैसा प्यार एक बार ही सही, हो तो जिसमें सब कुछ पिघलने लगता है।"

चिंगी शैतानी से बोली, "जैसा तुम निहारी और रूमाली रोटी से करती हो, वैसा वाला प्यार?"

हेमा ने उसे गले से लगाया और कहा, "हाँ! एकदम वैसा प्यार! शिट! इससे याद आया कुछ पैक करवा लेती मैं।"

चिंगी बोली, "अपना बैग खोलना खाने के टाइम। प्रॉन्ज़ हैं, चिकन कबाब है और ढेर सारी मिर्ची वाले भजिया पाव भी। अगर खाने के टाइम तक रुक पाओ तो!"

मौसी ख़ुशी-ख़ुशी ट्रेन में चढ़ गई। चिंगी अपने पीजी चली गई।

अगले तीन साल चिंगी पुणे में रही। दो साल पढ़ाई और एक साल एक मराठी फ़िल्म में काम करती रही। साथ-साथ मिलती रही बहुत सारे लड़कों और उनके परिवारों से। रिश्ते वाले अंकल, आंटियों के मार्फ़त तो कभी मैट्रीमोनियल कॉलम और कभी किसी ऐप के मार्फ़त। पर कहीं कुछ बात ना बनी।

हाँ सबसे बड़ी बात लेकिन यह हुई कि चिंगी अपने घरवालों से फ़ोन, स्काइप वग़ैरह से लंबी-लंबी बातें करने लगी। अंबाला नहीं लौटी लेकिन उसने सबसे फिर से दिल जोड़ने की पहल कर ली थी। सब बहुत ख़ुश थे। चिंगी अंबाला भी लौटेगी पर कुछ दिनों के बाद। और उन दिनों में क्या क्या हुआ, यह आप जानना शुरू करेंगे अगले पन्ने से। तो चिंगी पुणे से मुंबई के लिए रवाना हो गई।

इक लफ़्ज़-ए-मोहब्बत का, अदना ये फ़साना है
सिमटे तो दिल-ए-आशिक़, फैले तो ज़माना है

-जिगर मोरादाबादी-

मुंबई पहुँचते ही चिंगी का फ़ोन चोरी हो गया। वह बेचारी एक मीटिंग करने आई थी अंधेरी में पर जब मीटिंग ख़त्म हुई तो उसे अहसास हुआ कि फ़ोन तो ग़ायब है! शायद विरार फ़ास्ट में किसी ने निकाल लिया था उसके बैग से। उसने ओशिवारा पुलिस स्टेशन में कंप्लेंट लिखवाई। तब तक उसे बहुत ज़ोर की भूख लग आई थी। हेमा मौसी ने उसके मुंबई पहुँचने से पहले ही एक लंबी-चौड़ी लिस्ट ईमेल कर दी थी एरिया के हिसाब से, कि कहाँ क्या खाना अच्छा मिलता है। लेकिन वह लिस्ट तो वह फ़ोन में ही देख सकती थी।

तो चलते-चलते जो रेस्ट्राँ सामने दिखा वह उसके अंदर चली गई। बिना मेन्यू देखे बोल दिया चिकन बिरयानी और अपने साथ लाई एक किताब में डूब गई। बिरयानी की ख़ुशबू थी तो बहुत ही लुभावनी पर चिंगी ने उसमें देखे दो बड़े-बड़े आलू के टुकड़े। आसपास देखा तो समझ में आया कि वह कैलकट्टा क्लब नाम के एक रेस्ट्राँ में बैठी है। इस बिरयानी में तो होना ही था आलू। चिंगी ने दोनों आलू निकालकर साइड में रख दिए। पानी पीकर वह खाना शुरू करने ही वाली थी कि वेटर आकर बोला, "मैम, आप अगर आलू नहीं खाना चाहती हैं तो मैं वापस ले जाऊँ?"

चिंगी ने कहा, "क्या भैया! आलू डाल के सारा मज़ा किरकिरा कर दिया। ले जाओ। आपकी मर्ज़ी है। पर करोगे क्या इसका? वापस तो नहीं डाल दोगे बिरयानी में? वैसे मैंने बग़ैर टच किए रखा है साइड में, फ़ोर्क से उठाकर।"

वेटर ने कहा, "वहाँ एक आदमी बैठा है। उसने भी बिरयानी ऑर्डर की है। उसकी बिरयानी तैयार हुई नहीं अभी तक। आपने आलू निकाल के रखे तो देखकर बोला, आलू वेस्ट करना पाप है, मेरे लिए ले आओ उन मैडम से पूछकर।"

चिंगी ने कहा, "अजीब बात है। पागल है क्या?"

वेटर ने फुसफुसाकर कहा, "ऐसा ही लग रहा है। मैंने कहा मैडम पैसे देंगी सो चाहे जो करें, आपको क्या? तो बोला, मेरा नाम

आलूख़ोर है। कहीं भी आलू की बेक़द्री होते देखता हूँ तो मेरे सीने में दर्द उठता है ज़ोर का।”

चिंगी को यह शब्द उड़ता-उड़ता सा याद आया। उसने कहा, “भैया आप जाओ। मैं ख़ुद दे देती हूँ उनको।”

चिंगी उठी और उस आदमी के सामने जाकर खड़ी हो गई। उस आदमी को ग़ौर से देखा। उसने किसी पागल ही की तरह, रेस्ट्राँ के अंदर भी काले चश्मे पहने थे। उसकी स्वेटशर्ट का हुड भी चेहरे को ढक रहा था। तभी उस आदमी की बिरयानी भी आ गई। चिंगी ने उसकी बिरयानी में से सारे चिकन पीस निकाले और अपनी प्लेट में डाल दिए और बदले में अपनी प्लेट के आलू उस आदमी की बिरयानी में। फिर अपनी मेज़ पर जाकर खाने लगी।

बिरयानी ख़त्म करके, बिल अदा करके चिंगी बाहर आ गई। पीछे-पीछे वह पागल आदमी। चिंगी के सामने खड़े होकर हाथ बढ़ाया और कहा, “तुम्हें शायद मेरा नाम सिक्की ही पता है? पर मेरा नाम...”

चिंगी ने उसकी बात पूरी भी ना होने दी और पूछा, “सिक्की? तुम्हें तुम्हारे स्कूल में सिक्की- द आलू टिक्की कहकर तो नहीं बुलाते थे? तुम्हारे आलू प्रेम को देखकर?”

वह बोला, “और तुमसे स्कूल में कहते होंगे ‘ सीके पीके मत आना, राइट?”

चिंगारी बोली, “हा-हा, सो फ़नी!”

सिक्की बोला, “हाँ तुम्हारे जोक पर तो कोई पद्मश्री ही देने वाला हो जैसे।”

चिंगारी ने थोड़ी अकड़ से कहा, “मेरा असली नाम चिंगारी है।”

सिक्की ने हँसते हुए पूछा, “तुम्हारी पर्सनैलिटी देखकर बाद में रखा यह नाम कि बचपन में रख दिया था तो तुम ऐसी हो गई? हर बात पे भड़कती हो ना अभी भी? वैसे मेरा भी असली नाम सिकंदर सखी है।”

चिंगी ने पूछा, “ओहो सिकंदर! पोरस कहाँ है?”

सिकंदर ने कहा, “पूछ लिया ना फिर एक स्टूपिड सवाल? पोरस को मैंने हरा दिया। साथ लिए-लिए थोड़े ही फिरता रहूँगा!”

चिंगी एक सेकंड के लिए चुप हुई पर फिर उसने पूछा, "और सखी? यह किस टाइप का नाम है?"

सिकंदर ने कहा, "उफ़ तुम दिल्ली के लूज़र्स! सखी का मतलब नहीं पता? इसका मतलब है सहेली... वैसे तुम्हें पता तो होगा नहीं लेकिन अमीर खुसरो नाम के एक सूफ़ी पोएट थे। लिखते थे एक टाइप की पोएट्री जिसे मुकरियाँ कहते हैं। दो लाइन में कुछ हिंट देते थे और फिर पूछते थे ' ऐ सखि, साजन? और उसके जवाब में आता था..."

चिंगी ने फिर बात काटते हुए कहा, "नहीं सखि, फ़क-बॉय! यानी वे लड़के जो पहले लड़कियों से मीठी-मीठी बातें करते हैं और फिर कमिटमेंट के टाइम पर बिदक जाते हैं! दुनिया के सारे मर्द वही होते हैं।"

सिकंदर ने अपने दिल पर हाथ रखा जैसे उसे बहुत तकलीफ़ हो रही हो, और कहा, "उफ़्फ़! सारे मर्द? सारे के सारे? या सिर्फ़ वह जोजो सर?"

चिंगी ने उसकी बात को नज़रअंदाज़ कर दिया और इधर-उधर देखने लगी जैसे ऑटो ढूँढ़ रही हो।

सिकंदर ने बोला, "अच्छा कुछ और बताओ अपने बारे में? झगड़ा करना बहुत पसंद है। आलू एकदम पसंद नहीं। लेग पीस ज़्यादा पसंद है..."

चिंगी तेज़ी से पलटी और बोली, "लेग पीस? तुम मुझसे डबल मीनिंग बातें कर रहे हो अब? सारे मर्द बोलूँगी तो कहोगे, चोट लगी दिल पर। पर तुम सब ऐसे ही हो! विक्की भी ऐसे ही बात करता था। हर बात पे उसे डबल मीनिंग सूझ जाता था। गधे कहीं के।"

सिकंदर ने कहा, "अरे यार सॉरी। मैं नहीं कर रहा था कोई छिछोरी बात। मैं सच में चिकन की बात कर रहा था जो तुमने मेरी प्लेट से चुराए थे।"

चिंगी बोली, "सही किया मैंने! अगली बार आलू-आलू मत करना तो चिकन भी खाने को मिल जाएगा। इडियट!"

सिकंदर ने उसके इडियट कहने को नज़रअंदाज़ किया और थोड़ी शरारत से पूछा, "अगली बार? तो होगी ना अगली बार भी एक बिरयानी डेट? चलो नंबर तो दे दो!"

चिंगी ने पूछा "किसका नंबर?"

सिकंदर ने कहा, "विक्की का! और किसका? हम दोनों डबल मीनिंग जोक्स शेयर करेंगे। कोई एतराज़?"

चिंगी ने कहा, "फ़ोन नहीं है मेरे पास! आज ही मुंबई पहुँची और चोरी हो गया!"

सिकंदर ने कहा, "तो फिर जोजो सर के वह सारे वॉट्सऐप वाले मैसेजेस? वह कैसे दिखाओगी उनकी पत्नी को?"

चिंगी ने चिढ़कर कहा, "सब पता है मुझे! बार बार जोजो का नाम बोलकर मेरा रिलेशनशिप स्टेटस जानना चाहते हो ना तुम? चार बच्चे हैं मेरे!"

सिकंदर ने कहा, "उससे कैसे पता चलेगा तुम्हारा रिलेशनशिप स्टेटस? बच्चे होना बायोलॉजी की बात है और पति या बॉयफ्रेंड होना सोशियोलॉजी की! और तीन-साल में चार बच्चे? दैट्स टू मच। पर ख़ैर मुझे क्या? अच्छा! ऑटो ढूँढ़ रही हो ना? मैं अपने फ़ोन से कर दूँ बुक? और यहाँ से दस मिनट दूर लोखंडवाला मार्केट है, वहाँ से फ़ोन ख़रीद लो। मुंबई में बग़ैर फ़ोन के काम नहीं चलता!"

और सिकंदर ने उसके लिए ऑटो बुक कर दिया। ऑटो पास ही कहीं था, तुरंत आ गया। सिकंदर ने अपने बटुए से बिज़नेस कार्ड निकाला और कहा, "मेरा नंबर तो ले लो। कभी किसी अकेली-सी रात में जब बाहर नरम मुलायम-सा मौसम हो, बदन में सिहरन-सी उठे और दिल में एक हूक! और मन हो कि काश कोई ऐसा होता जिसे मैं फ़ोन लगा के कहती... आलूख़ोर! तब के लिए!" और वह अपनी ही कही गई बकवास पर हँसने लगा और कार्ड चिंगी के हाथ में थमा दिया। चिंगी को कोई हँसी नहीं आई।

वह ऑटो में बैठती हुई बोली, "ऑटो बुक करने का शुक्रिया। पर मुझे तुम्हारा नंबर नहीं चाहिए।" कहकर उसने सिकंदर की ओर कार्ड फेंका पर वह नीचे गिर गया।

चिंगी ने कोई परवाह नहीं की और ऑटो ड्राइवर से बोली, "चलिए भैया।"

चिंगी ओशिवारा से सात बंगला के सिग्नल पर ही पहुँची थी कि उसे बुरा लगने लगा। उसने ऑटो वाले से प्लीज़-प्लीज़ बोलकर कहा, "जहाँ से पिक किया था वहाँ मोड़ लो ज़रा।"

वापस 'कैलकट्टा क्लब' के सामने पहुँची तो ज़ाहिर है सिकंदर तो नहीं था वहाँ। वह इधर-उधर बेचैनी से कार्ड ढूँढ़ने लगी पर नहीं मिला। अपने से चिढ़ गई और वापस ऑटो में बैठ गई।

अगले दिन आज़ाद मैदान के सामने वाली सड़क पर खड़ी वह मुंबई के मौसम को कोस रही थी। एक घंटे से चल रही थी और थक गई थी। आसपास पानी ढूँढ़ने लगी कि अचानक उसके कानों के एकदम पास एक आवाज़ आई।, "एलजीबीटीक्यू प्राइड मार्च में आपका क्या काम सुश्री चिंगारी जी? हमारा समुदाय तो आपके शादी को लेकर जो रिवाज़ी ख़यालात हैं उनके लिए बहुत बड़ा ख़तरा है? और आप यहाँ यह 'प्यार सबके लिए है' वाला पोस्टर लिए हुए घूम रही हैं? च्च...च्च...च्च!"

दस साल बाद सुनी थी चिंगी ने यह आवाज़! गरमी में ठंडे पानी जैसी, सर्दी में मुलायम कंबल जैसी, बारिश में रेनकोट जैसी आवाज़! चिंगी पलटकर मुड़ी और रोते हुए भी और हँसते हुए भी ज़ोर से लिपट गई जीवन से! जीवन ने भी कस के भींच लिया उसे। थोड़ी देर दोनों ही हँसते और रोते रहे। कुछ बोले नहीं। इससे पहले कि कोई कुछ कह पाता, जीवन का एक दोस्त आ गया दौड़ते हुए और बोला, "वहाँ पुलिस परमिशन की कोई दिक्क़त हो रही है। चलो जल्दी।"

जीवन ने जाने से पहले चिंगी के गाल ज़ोर से खींचे और बोला, "चुड़ैल कहीं की! अब मिलते हैं दस साल बाद फिर?"

यह कहकर अपने दोस्त के साथ दौड़ गया। चिंगी ने टैक्सी पकड़ी और जल्दी-जल्दी हेमा मौसी को फ़ोन करने लगी।

उधर से फ़ोन उठाकर हेमा मौसी बोली, “कौन?”

चिंगी बोली, “मैं हूँ!”

हेमा मौसी संदेहपूर्वक बोली, “मैं कौन? किससे बात करनी है?”

चिंगी बोली, “ऐक्टिंग मत करो। मैं बोल रही हूँ। मेरी आवाज़ नहीं पहचानती जैसे? मेरा फ़ोन चोरी हो गया है। यह नया नंबर है!”

हेमा मौसी बोली, “फ़ोन ही चोरी करवाती रहियो अपना लाडो! कभी अपना दिल चुराने को भी बोल किसी को? अब मुंबई में तो कर दे कुछ कमाल!”

चिंगी बोली, “ओफ़्फ़ोह! अच्छा सुनो मुझे जीवन मिला था!”

हेमा मौसी ने कहा, “कौन जीवन? अच्छा सुन। तू टाउन साइड गई थी? ईरानी रेस्ट्राँ में खाना खाया? ओ माई गॉड! मुझे खाना है ब्रुन मस्का और पीनी है वह स्पेशल चाय। सुन यहाँ से वीटी चली जा। वहाँ क्या पावभाजी मिलती है! पहले तो मिलती ही थी। और कालाखट्टा भी पीकर आना।”

चिंगी बोली, “ना तो पूछा कि कल मेरी मीटिंग कैसी हुई, ना सुना कि मुझे कौन मिला है। बस खाने की बात करती रहो। बाय। मुझे नहीं करनी आपसे कोई बात!”

चिंगी ने फोन काट दिया।

टैक्सी में ‘मनमर्ज़ियाँ’ फ़िल्म का गाना चल रहा था ‘चोंच लड़ियाँ’। चिंगी को पता नहीं क्यूँ आज यह गाना बहुत प्यारा लग रहा था। जीवन जो मिल गया, उसने सोचा। पर ‘कुछ और’ भी तो हुआ था...! चिंगी ने वह सब सोचने नहीं दिया ख़ुद को। उसने उस ‘कुछ और’ से ध्यान हटाने के लिए गाने के बोलों पर ध्यान देना शुरू किया तो मन और तेज़ी से उधर ही दौड़ने लगा। चिंगी ने हार मान ली, नहीं रोका और ज़्यादा अपने आपको। सोचने लगी कि ‘मन और तन विच तुम्बी बजने’ का क्या मतलब होता होगा। उसने महसूस किया कि उसके गाल गरम होने लगे हैं। सी-लिंक चढ़ते ही, दोनों तरफ़ की खिड़कियों में से जो ज़ोर की हवा मानो उसे उड़ा लिए जाने के लिए ही आई थी। उसने अपने दिमाग़ के सारे परदे

खुल जाने दिए और आँखें बंद कर लीं। गाने में जैसे ही 'पोरस दे विच सिकंदर नाचे' वाली लाइन आई, चिंगी चौंक के बैठ गई। आँखें खोल लीं और ख़ुद से बोली, "सिकंदर? सिकंदर! पागल तो नहीं हो गई हूँ मैं? क्या बकवास है!" और बैग से किताब निकाल के पढ़ने लगी।

लेकिन पढ़ नहीं पाई। मौसी का फ़ोन फिर से आ रहा था। उसने पहली बार तो बजने दिया और नहीं उठाया! फिर दूसरी बार बजा तो उठाते ही कहा, "बांद्रा में हूँ मैं लेकिन मेरा पेट भरा है, मुझे और खाना नहीं खाना। मैं नहीं जाऊँगी तुम्हारे 'गुड लक कैफ़े' कीमा पाव खाने। ओके?"

हेमा मौसी बोली, "ठीक है मत जा और मत खा। एक सीरियस बात करनी थी पर शोर बहुत मच रहा है। टैक्सी साइड में लगवा दे ना ज़रा।"

मौसी की आवाज़ सच में संजीदा थी। चिंगी ने टैक्सी ड्राइवर से कहकर टैक्सी साइड में पार्क करवा दी और सुनने लगी।

हेमा मौसी बोली, "मैं तुझसे बहुत दिनों से एक बात करना चाह रही थी। पर समझ में नहीं आ रहा था कैसे करूँ? अभी सोचा कर ही लूँ, नहीं तो फिर सोचती ही रह जाऊँगी। इसीलिए पहले भी मैं तुझसे ऊटपटाँग बोल रही थी। जीवन वाली बात बाद में करते हैं शाम को। यह तू जो हमेशा बोलती रहती है ना कि बस सिर्फ़ कम्पेनियनशिप के लिए करूँगी शादी, यह बात मुझे कुछ ज़्यादा जमती नहीं है, यह तो तुझे पता है। पर मैंने सोचा कि मैं अपनी राय तुझ पर क्यूँ थोपूँ। मुझे तो तेरी मदद करनी चाहिए। तो ना एक लड़का है मेरी नज़र में। तुझे थोड़ा-बहुत तो जानती हूँ ना मैं बेटा। तुझे अच्छा लगेगा। एक बार मिल ले। मैं ऐड्रेस भेज देती हूँ। उसके घर चली जा। कल ही।"

चिंगी बोली, "सबसे पहले थैंक यू। पर क्या मतलब घर चली जा और कल ही चली जा? मैं नहीं जाती ऐसे किसी के घर-वर। नंबर दे दो। कॉफ़ी शॉप में मिल लेंगे। और कल ही चली जा मतलब? ऐसी जल्दी क्या है?"

मौसी की आवाज़ में और संजीदगी आ गई। चिंगी ने बहुत कम ही बार मौसी को इस आवाज़ में बात करते सुना था।

"तो मेरी बात पर भरोसा नहीं। पुणे में जाने किस-किस रिश्तेवाले अंकल-आंटी के कहने पर किस किससे मिल ली होगी। मत जा। बाय।"

मौसी ने फ़ोन काट दिया था। चिंगी परेशान होने लगी। उसने सॉरी टाइप करने के लिए ऐप खोला ही था कि मौसी का भेजा ऐड्रेस आ गया। चिंगी ने टाइप किया, 'अरे बाबा मिल लूँगी। नाम तो बताओ यार इस लड़के का।' मौसी का जवाब आया, 'कोई ज़रूरत नहीं है एहसान करने की! मेरी पसंद का खाना भी मत खाना और लड़के से भी ना मिलना। ग़लती से भेज दिया ऐड्रेस। डिलीट कर दे। नाम भी क्यूँ बताऊँ!'

और इसके बाद पूरी शाम और अगली सुबह तक मौसी ने किसी मैसेज का जवाब नहीं दिया। चिंगी सोचती रही। फिर निर्णय लिया कि मिल लेती हूँ, और मौसी को मैसेज टाइप कर दिया कि 'जा रही हूँ मिलने। नाम तो पिंग कर दो मौसी।'

चिंगी पहुँच गई उस पते पर। तभी मौसी का एक और मैसेज आया। चिंगी ने घंटी बजाई और मैसेज पढ़ने लगी। 'सुन बेटा, लड़का अच्छा ना लगे कोई बात नहीं। मैं इसी बात में ख़ुश हूँ कि तूने मेरी बात मान ली। बेकार-सा लड़का हो तो दुखी मत होना। उनके घर से नौ मिनट दूर एक रेस्ट्राँ है 'रत्नागिरि'। वहाँ क्या टेस्टी बोंबिल फ्राई मिलती है, वह खा लेना और खाने से पहले फ़ोटो खींच के भेज देना।'

चिंगी इससे पहले कि मौसी को जवाब टाइप करती, दरवाज़ा खुल गया। बहुत ही ख़ूबसूरत लड़का खड़ा था सामने। वह मुस्कराकर बोला, "चिंगारी??? ओ माई गॉड!"

गालों में गड्ढे भी हैं- चिंगी सोच ही रही थी कि उसकी नज़र दरवाज़े के बाहर, शीशे के केस में जड़े हुए एक काग़ज़ पर पड़ी। उसमें चिंगी ही की लिखाई में लिखा हुआ था 'भाड़ में जाओ'। चिंगी उलझ गई। और तभी उसने देखा, इस ख़ूबसूरत लड़के के पीछे जीवन खड़ा है, अपनी भौंहें नचाता हुआ।

चिंगी को अचानक से होश आया कि दरवाज़ा खोलने वाला लड़का मोहसिन है!

वह अंदर आई और बोली, "तभी मौसी नाम नहीं बता रही थी। मौसी और तुम्हारा प्लान था ना, गधे कहीं के! मुझे तो मौसी की सीरियस आवाज़ सुनते ही समझ जाना चाहिए था!"

जीवन ने उसे बिठाते हुए मोहसिन से कहा, "यार पानी-वानी, चाय-वाय कुछ नहीं पूछेगा क्या? जा बना के ला। और पोहा गरम करके लाना साथ में।"

चिंगी बोली, "वाह बेटा! यहाँ जगत नहीं है तो इस बेचारे पर रोब झाड़ रहे हो? ख़ुद मत हाथ हिला लेना कभी!"

जीवन बोला, "तुम्हें क्या? तुम्हें सुंदर सुशील लड़का मिल रहा ना है मुफ़्त में! और जगत पर अब मैं क्या रोब झाड़ूँगा? पता है वह आर्मी की ट्रेनिंग ले रहा है! अच्छा सुन, मौसी ने वह रिश्ते वाली बात मज़ाक़ में नहीं कही थी। वह सच में चाहती है कि तुम दोनों, यानी तू और मोहसिन मिल लो। इसे भी शादी करनी है और तुझे भी! सूरत तो तुझे बचपन से पसंद है ही। सीरत अब पहले से बेहतर है। आगे और हो जाएगी। देख कितने मैनर्स सीख गया है। कम से कम तेरे मुँह पर तो ईक्क्क्स और यक्क्क नहीं बोला ना। और तू भी ना बहन, कॉफ़ी अच्छी ना बनी हो तो बोतल मत फेंकना उसके मुँह पर! हम लोग प्लास्टिक नहीं, शीशे की बॉटल्स इस्तेमाल कर रहे हैं आजकल।"

तब तक मोहसिन कॉफ़ी बनाकर ले आया। जीवन ने चिंगी के हाथ में पोहे की प्लेट देते हुए कहा, "इसने बनाया है ख़ुद। खाकर देख। तू भी बैठ जा मोहसिन। शरमा मत।"

चिंगी ने मोहसिन को देखा, वह सच में शरमा रहा था। चिंगी को लगा 'पहला प्यार आख़िर पहला प्यार ही होता है!' और वह भी मुस्कराने लगी। फिर मोहसिन से पूछा, "आमना कैसी है? सिद्धेश अंकल? सलमा आंटी?"

मोहसिन बोलता उससे पहले जीवन बोलने लगा, "अरे तुझे क्या सचमुच में कुछ नहीं पता? तू अंबाला में किसी से बात नहीं करती क्या?"

चिंगी बोली, "रोज़ करते हैं हम सब बात! एक फ़ैमिली वॉट्सऐप ग्रुप भी है।"

जीवन बोला, "सलमा बुआ तो तेरे दिल्ली जाने के पाँच साल बाद ही भाग गई थी।"

चिंगी ने मोहसिन को देखा और उसकी शक्ल देखकर समझ गई कि जीवन यूँ ही बकवास नहीं कर रहा।

उसने पूछा, "भाग गई? मतलब? किसके साथ?"

अबकी बार मोहसिन बोला, "ख़ुद के साथ भाग गई। डैडी के लिए एक ख़त छोड़ा था। उसमें लिखा था, 'सँभालो अपने बच्चों को। मैं नहीं सह सकती तुम्हें और ज़्यादा। तुमसे बात करने का फ़ायदा नहीं है क्यूँकि तुम्हें कुछ समझ में नहीं आएगा! और सुन लो, जब तक विराट कोहली है ना टीम में, मैं इंडिया को ही सपोर्ट करूँगी। तुम जाओ जहन्नुम में!'

जीवन बोला, "अंबाला से सीधी यहाँ आ गई मुंबई। हर प्राइड मार्च में सबसे आगे रहती है। डॉक्युमेंटरीज़ बनाती है! पहले तो मेरे साथ ही रहती थी। फिर तीन साल पहले यह नालायक़ भी यहीं आ गया तो बोली अब मैं अकेले रहूँगी। यहाँ रहूँगी तो फिर बुआ और अम्मी बनके ही रह जाऊँगी। मैंने बहुत पाल-पोस लिया सबको! अब तुम दोनों मुझे खाना खिलाओगे। और पता है चिंगी, बस कहने के लिए नहीं बोली यह सब। हर वीकेंड पर फ़रमाइश लिखकर टेक्स्ट कर देती है। फ़लाना बना के भेज दो, ढिमकाना बना के भिजवा दो। और यह भी नहीं कि बंदा दाल-चावल और आलू की भुजिया में कर लेता है संतोष! एक हफ़्ते पास्ता चाहिए, दूसरे हफ़्ते हलीम! मोहसिन इतना अच्छा गाजर का हलवा बनाने लगा है ना। किसी नौकरी में तो टिकता है नहीं! थोड़ा और सीख जाए तो हेमा मौसी के पास रखवा देंगे।"

मोहसिन हँस रहा था और चिंगी को उस गैराज वाली दोपहर से पहले के तीन महीने याद आ गए। अभी भी वैसे ही हँसता है। चिंगी सोचने लगी, सचमुच ऐसे हो सकता है? उसे अपना सोया हुआ इश्क़ करवट लेता हुआ महसूस हुआ।

अपना ध्यान इन बातों से हटाने को उसने पूछा, "और आमना? कुलसुम? रेहाना आपा?"

मोहसिन बोला, "रेहाना आपा ने कंपनी खोल ली है अपनी एक फ्रेंड अदिति के साथ। शादी भी कर ली दोनों ने। आई मीन अपने-अपने पतियों से। आप शायद जानती होंगी अदिति दीदी को भी। उनकी छोटी बहन अपर्णा आपकी क्लास में थी ना!"

चिंगी हँस के बोली, "अपर्णा को तो मैं कभी भी नहीं भूल सकती और अदिति दीदी को भी! और कुलसुम?"

जीवन बोला, "मैंने जो चुभता हुआ ताना मारा था ना उसके लिए, मुझे सॉरी तब बोलना जब समझ जाओ कि किसी छोटी-सी अफ़वाह से भी कितना बड़ा नुक़सान हो जाता है! उसने तो बहुत सीरियसली ले लिया। एक वेबसाइट में काम करती है जो फ़ेक ख़बर और असली ख़बर में फ़र्क़ बताती है लोगों को। मैंने भी माफ़ कर दिया।"

चिंगी बोली, "उसने मुझे भी सॉरी बोल दिया था। मेरे अंबाला छोड़ने से पहले मिलने आई थी। स्लीप ओवर अभी भी होते हैं क्या?"

मोहसिन बोला, "हाँ होते हैं। और हमारे घर की लड़की ही आज भी सबसे आगे है! रेहाना आपा ने शुरू किया, कुलसुम ने आगे बढ़ाया और आमना! उसने सारे के सारे रूल्स तोड़ दिए! वह जब छठी क्लास में आई तो बोली, क्या बकवास है यह? लड़कियाँ और लड़के अलग-अलग स्लीप ओवर क्यूँ करेंगे। एक साथ होगा। और सबसे पहले मेरे घर में होगा। अम्मी को घर छोड़े कुछ महीने ही हुए थे, डैडी की हिम्मत नहीं थी कि आमना को मना करते। अब स्लीप ओवर्स में गॉसिप तो होती है, सियासी मुद्दों पर भी बहसें होती हैं। कभी फ़ेमिनिज़्म कभी फ़ासिज़्म। फ़्लेम्ज़ का पता नहीं। और डैडी बस चुपचाप खाना ऑर्डर करते रहते हैं।"

जीवन बोला, "अच्छा, बहुत ख़बरें पूछ लीं तूने! बस कर। मैं जा रहा हूँ एक ज़रूरी काम से। तुम दोनों बातें कर लो। अगर पसंद कर लो एक-दूसरे को, तो जब मैं लौटूँ, मेरे पाँव छू के आशीर्वाद ले लेना। बहुत हो गए बहू पर सास, ननद, देवरानी के अत्याचार! अब जेठ जी यानी कि मुझे मिलना चाहिए यह मौक़ा। यह भी मरा जा रहा है और तू भी! मैंने हेमा मौसी से पूछा, आख़िर क्या कमी है मोहसिन में? घर की चीज़ पड़ी-पड़ी बेकार हो रही है, चिंगी भी तो अपनी ही है, उसके काम आ जाएगी। है कि नहीं?"

चिंगी बोली, "अच्छा अच्छा, जाओ तुम। और चुप करो!"

जीवन ने अपना बैग और फ़ोन उठाया और बोला, "वैसे नॉर्मली तो मैं बोल के जाता, प्रोटेक्शन यूज़ कर लेना। मेरी बेडसाइड टेबल की पहली दराज़ में है। अलग-अलग फ़्लेवर्स में। पर छोड़ो, तुम दोनों को क्या कहूँ। तुम दोनों पहली मुलाक़ात में हाथ ही पकड़ लो तो बहुत होगा। सच में तुम्हारी शादी हो जाए तो तुम दोनों की वर्जिनिटी का जो बोझ सह रही है ना यह धरती, वह तो थोड़ा कम हो जाए।"

इस बात पर चिंगी और मोहसिन, दोनों के चेहरे लाल हो गए।

जीवन कानों पर हाथ लगाते हुए बोला, "तौबा तौबा तौबा! हे भगवान! उठा ले मुझे। एक चौबीस साल का गबरू जवान, एक छब्बीस साल की खिलती कली, और अब तक...वर्जिन? छी छी छी। मुझसे तो यह शब्द भी नहीं बोला जाता!"

मोहसिन शरमाकर और सिमट आया अपने आप में। और चिंगी ने ऐसे बोला जैसे हेमा मौसी की तरह वह सोशियोलॉजी की क्लास ले रही हो, "ज़्यादा बको मत। जैसे जेंडर, सेक्सुआलिटी सोशल कन्स्ट्रक्ट होते हैं वैसे ही वर्जिनिटी भी!"

जीवन चिंगी के पास चलकर आया। उसे ऊपर से नीचे देखा। फिर किसी बुज़ुर्ग नानी अम्मा की तरह चिंगी की बलैयाँ उतारी और बोला, "हाय मेरी बन्नो! कितने बड़े-बड़े शब्द सीख गई है। हाँ मेरी माँ। सब कुछ सोशल कन्स्ट्रक्ट होता है, बस एक तुम्हारी मोनोगैमस, नॉर्मल शादी के अलावा! है ना? वह तो इंसान की बुनियादी ज़रूरत हो जैसे। तुम दोनों

की जोड़ी बहुत ही अच्छी निभेगी। यह भी दिखने में जवान और फ़ितरत में अंकल जी टाइप का ही है। और ओए मोहसिन! नालायक़! फिर पड़ोस से बिल्ली का बच्चा मत उठा के ले आइयो! सलमा बुआ शाम को आएगी थोड़ी देर के लिए। अगर फिर एलर्जी हुई ना उन्हें, तो घर से निकाल दूँगा तुझे। चिंगी! नज़र रखना इस पर!" कहकर जीवन चला गया। जीवन की लगातार बक-बक के बाद कमरे की ख़ामोशी अच्छी लगने लगी।

थोड़ी देर दोनों चुप रहे। फिर इधर-उधर की बातें करने लगे। खाना भी खा लिया साथ में। बातें ख़त्म ही नहीं हो रही थीं दोनों की। बीच में मोहसिन उसे पड़ोसियों के घर की बिल्ली और उसके नन्हे-नन्हे बच्चों से भी मिलवा लाया। चिंगी ने देखा, सच में पप्पीज़ और किटेंज़ की बातें करता या उनके पास होता है मोहसिन तो और भी ज़्यादा प्यारा दिखने लगता है। मोहसिन ने बिल्ली के बच्चे को इतनी एहतियात से पकड़ा हुआ था जैसे रुई का फ़ाहा पकड़ा हो। चिंगी ने सोचा, यह एक दिन अपने बच्चों को भी ऐसे ही सँभाला करेगा। और वह उसी पल में समझ गई थी कि उसकी तरफ़ से तो हाँ है!

शाम को जीवन घर लौटा तो सलमा बुआ भी साथ में थी। चिंगी को देखकर सलमा बुआ ने भाग कर गले से लगा लिया और आँखें चूम लीं उसकी। फिर पूछा, "जीवन बकवास कर रहा है ना चिंगारी। यह शादी वाली बात बकवास है ना। तू इससे शादी तो नहीं करेगी ना बेटा?"

मोहसिन बोला, "क्यूँ? आपका बेटा इतना गया गुज़रा है क्या अम्मी? मेरी तरफ़ से तो हाँ ही है। चिंगारी से पूछ लो।"

चिंगारी ने कहा, "हाँ मुझे भी मंज़ूर है। आप लोग भी ना...!"

सलमा बुआ बोल उठी, "मोहसिन को छड परे। पर चिंगारी, आर यू आउट ऑफ़ योर माइंड? मोहसिन से क्या, किसी से शादी करने की ज़रूरत नहीं है!"

फिर सलमा ने चिंगी और मोहसिन के उतरे हुए चेहरे देखे। जीवन की तरफ़ देखा तो जीवन आँखें दिखा रहा था। सलमा बुआ ने गहरी साँस ली और बोली, "सॉरी बच्चो। मेरी बातों को नज़रअंदाज़ कर देना। मेरी ख़ुद की शादी ने मुझे थोड़ा खड़ूस बना दिया है। सबकी

शादियाँ एक जैसी थोड़े ही होती हैं। मेरी दुआ है कि तुम दोनों बहुत ख़ुश रहो।" फिर एक-एक करके दोनों को गले से लगाया और मोहसिन से बोली, "अब तो ख़ुश है? अच्छा, जीवन ने जो भी ढेर सारा खाना मँगवाया है ना, उसमें से ही कुछ पैक करके ड्रॉप कर देना मेरे घर। अच्छा चिंगारी बच्चे, अभी चलती हूँ। अब तो ख़ूब मिला करेंगे।" और सलमा बुआ चली गई।

मोहसिन ने जीवन से पूछा, "ढेर सारा खाना? क्यूँ मँगवाया है आपने?"

जीवन ने चौंककर कहा, "अरे इतने सारे लोगों को न्योता है मैंने! ढोलक पिंकी ला रही है। बाक़ी सब आ जाएँ तो शुरू करते हैं फिर!"

चिंगी ने पूछा, "क्या शुरू करते हैं?"

जीवन ने कहा, "दस साल से शादी के सपने तुम देख रही हो और मुझसे पूछ रही हो? संगीत के लिए लोगों को नहीं बुलाते हैं क्या? और मैंने तो ढेर सारी बोम्बिल, बांगड़ा, पोमफ़्रेट फ़्राई ऑर्डर कर दी है। बीयर भी ले आएँगे बाक़ी दोस्त। और फिर जमाते हैं रंग।"

चिंगी और मोहसिन ने चौंककर जीवन को देखा। जीवन बोला, "प्लीज़! मैं क्या गधा हूँ? मैं तुम दोनों के मुँह से हाँ सुनने के इंतज़ार में था क्या? सुबह जैसे ही दरवाज़े पर तुम्हें इसे और इसे तुम्हें तकते देखा तो मैं समझ गया, बात पक्की है। हेमा मौसी को बता दिया। उन्होंने ही तो बताया इस सी-फ़ूड रेस्ट्राँ के बारे में! चलो-चलो अभी बहुत काम करना है। अंबाला से सब लोग एक बार आ जाएँ तो मेहँदी तो तब ही रखेंगे। है ना?"

चिंगी और मोहसिन ने एक-दूसरे को देखा और मुस्करा दिए!

थोड़ी ही देर में जीवन के दोस्त आने लगे थे। मोहसिन ने चिंगी को कहा, "जैसे मैं लावारिस पप्पीज़ को घर ले आता हूँ ना, जीवन भाई लोगों को लाते हैं। आप देखना, सब बहुत प्यार करते हैं जीवन भाई से!"

चिंगी ने कहा, "वह है ही इतना प्यारा। मुझे यक़ीन नहीं आता कि दस साल बर्बाद कर दिए मैंने! जीवन से बात करना बंद कर दिया तो

लगने लगा कि अपनी ख़ुद की बातें भी कम समझ आती हैं। आज ऐसा लग रहा है कि पैरों के नीचे की ज़मीन मज़बूत हो गई है! पर सुनो यह सब जीवन से मत कहना। फिर मज़ाक़ उड़ाएगा हम दोनों का।"

दोनों किचन में से खाने के बर्तन निकालकर पोंछ रहे थे। चिंगी ने सोचा, 'दस साल के बाद अचानक एक दिन जो भी खोया था वह सब मिल जाए, इतनी ख़ूबसूरत और सहल हो जाए ज़िंदगी... ऐसा हो सकता है?' उसने मन ही मन मुंबई को गले से लगा लिया। सच में जादुई शहर है।

तभी जीवन के कुछ दोस्त आए, खाना रखने किचन में। चिंगी चौंक गई। उनमें से एक सिकंदर था।

चिंगी को लगा कि 'अब यह तो टू मच है! कोई फ़िल्म की स्क्रिप्ट है क्या?' चिंगी ने मोहसिन से कहा, "सुनो यहाँ बहुत लोग हैं। मैं थोड़ी देर बालकनी में चली जाऊँ? फिर आती हूँ मदद करने।"

मोहसिन ने कहा, "अरे कोई ज़रूरत नहीं वापस आने की। इतने सारे लोग हैं। आप जाओ, रिलैक्स करो!"

जैसे-जैसे शाम गहराती गई, दोस्त आते गए। शोर मचता रहा। दो लोग घर से जाते तो छह और आ जाते। मोहसिन और चिंगी एक साथ खड़े होकर शोर-शराबा देख रहे थे। मोहसिन ने एक मैसेज पढ़ा और थोड़ा परेशान हो गया। चिंगी ने पूछा तो बताया, "पास में एक बिल्डिंग बन रही है। वहाँ कुछ कुत्ते घूमते रहते हैं। मज़दूर लोग खाना भी दे देते हैं। पर चार दिन से काम बंद है। आज वहाँ के गार्ड ने देखा एक पप्पी भूखा-प्यासा पड़ा है। उसे किसी ने तंग करने के लिए पेंट भी कर दिया है। बेचारे को कोई केमिकल रिएक्शन हो गया है। बहुत तकलीफ़ में है। मैं उसे एनिमल शेल्टर में छोड़ के आता हूँ थोड़ी देर में। बस थोड़ी-सी देर!"

चिंगी बोली, "मैं भी चलूँ क्या तुम्हारे साथ?"

मोहसिन बोला, "यार वैसे तो जीवन भाई को कोई भी बहाना चाहिए होता है पार्टी करने का। पर नाम तो हम दोनों का लगाया है ना आज। हम दोनों चले गए तो क्या पता उन्हें अच्छा न लगे। मैं जल्दी से लौट आऊँगा।"

चिंगी अंदर चली गई। जीवन और सिकंदर दोनों नाच रहे थे। एक गोविंदा और एक मिथुन स्टाइल में। चिंगी को भी मन हो आया। उसे उन दोनों जितना आता तो नहीं था पर आज चिंगी बहुत अच्छे मूड में थी। धीरे-धीरे और लोग भी जुड़ते गए। जब जगह कम होने लगी और सब लोग एक-दूसरे से टकराने लगे तो चिंगी बाहर निकल आई, फिर से बालकनी में चली गई। पीछे-पीछे दो ठंडी बीयर लिए सिकंदर भी आ गया। चिंगी ने बीयर पकड़ी और सिकंदर से कहा, "थैंक यू। और उस दिन के लिए सॉरी। मुझे कार्ड नहीं फेंकना चाहिए था।"

सिकंदर ने कहा, "कोई नहीं। मेरे पास और भी थे। और रख लेती तो कौन-सा सच में फ़ोन कर ही लेती, है ना?

चिंगी ने कहा, "क्या पता? कर लेती शायद! अच्छा मैंने कार्ड में देखा, तुम अब ख़ुद स्टाइलिस्ट बन गए हो। मुबारक हो!"

सिकंदर बोला, "ना अभी बना नहीं। लेकिन कार्ड छपवा के लोगों को देता रहता हूँ, ताकि मुझे अगर अपनी क़ाबिलियत पर डाउट हो जाए तो लोग ही याद दिला दें। तुम्हें मिला कोई काम? डायरेक्शन में ही हो अब तक?"

चिंगी ने बीयर पीते हुए कहा, "नहीं। एक फ़िल्म में किया मैंने असिस्ट। पर मुझे लगा मैं शायद लिखना चाहती हूँ। किसी को असिस्ट करने के लिए ही मिलने गई थी उस दिन अंधेरी!"

सिकंदर शैतानी से बोला, "अब देखो तुम्हारा नंबर होता मेरे पास तो मैं मदद कर पाता ना तुम्हारी? पर नंबर तुमने दिया ही नहीं।"

चिंगारी ने अपना फ़ोन उठाया और कहा, "यह लो अपना नंबर फ़ीड कर दो। मुझे यह वाला याद नहीं हुआ अभी तक।"

सिकंदर ने चिंगारी के फ़ोन से ख़ुद को फ़ोन लगाया और नंबर सेव करने लगा। तभी चिंगी के फ़ोन पर एक मैसेज आया, 'तो चलें फिर एक बिरयानी डेट पर?'

चिंगी ने हँसते हुए पूछा, "मैसेज क्यूँ भेजा? सामने तो बैठी हूँ। और नहीं। अब कोई बिरयानी डेट नहीं हो सकती!"

सिकंदर ने पूछा, "क्यूँ? बिरयानी से जी उकता गया? दाल-रोटी खाने के लिए भी मिल सकते हैं। मैं एक बहुत अच्छी जगह जानता हूँ। प्रॉमिस करता हूँ, आलू की सब्ज़ी नहीं मँगवाऊँगा!"

चिंगी बोली, "नहीं यार। वह बात नहीं है। पर तुम्हें शायद पता नहीं है, यह पार्टी जीवन ने क्यूँ रखी है। मैं और मोहसिन, हम दोनों शादी करने वाले हैं। शायद..."

सिकंदर के चेहरे पर एक उदासी आ के चली गई। ऐसा लगा चिंगी को। पर फिर उसने सोचा, 'मैं फिर बकवास सोच रही हूँ। इसे क्या मेरी शादी से?'

सिकंदर ने पूछा, "शायद मतलब? अभी बात तय हुई कि नहीं हुई?"

चिंगारी ने कहा, "वह असल में... आज सुबह तक मुझे पता भी नहीं था कि मैं मोहसिन से मिलने आ रही हूँ। मुझे कुछ समझ नहीं आ रहा। सब कुछ इतना अचानक से हुआ। तो शायद, बस मुँह से निकल गया! तय तो हो गया है।"

सिकंदर ने एक सीटी-सी बजाई और बोला, "आज सुबह मिले तुम दोनों और शाम तक मँगनी। वैसे मोहसिन है तो अच्छा लड़का। पसंद किया जा सकता है तुरंत पर तुम ...?"

चिंगी ने पूछा, "मैं क्या? मुझे नहीं किया जा सकता तुरंत पसंद?"

सिकंदर बोला, "किया जा सकता है। पर तुम तो इतनी कड़वी राय रखती हो लड़कों के लिए... तुम कैसे मान गई?"

चिंगारी बोली, "नहीं। वह उस दिन मेरा मूड ख़राब था। मैं तो शादी करने के लिए कब से तैयार थी। और मोहसिन को मैं आज से थोड़े ही जानती हूँ। दस साल से जानती हूँ। मेरा पहला क्रश था मोहसिन। फिर हम सबके बीच कांटैक्ट टूट गया। और आज फिर मिले तो बस कह दी हाँ।"

सिकंदर ने कुछ बोलने को मुँह खोला लेकिन फिर बंद कर लिया। बीयर पीने लगा।

चिंगारी बोली, "यार तुम ऐसे लगते तो हो नहीं कि अपनी राय दिए बिना रह पाओ। बोलो ना, क्या बोल रहे थे?"

सिकंदर बोला, "अगर तुम दोनों दस साल से मिले ही नहीं हो तो फिर एक-दूसरे को जानते ही कितना होगे? बस ऐसे कर लोगे शादी? तुम दोनों दस सालों में बदले नहीं हो क्या? यह तो अरेंज़्ड मैरिज जैसा हुआ ना!"

चिंगी को अच्छा नहीं लगा यह सवाल।

उसकी आवाज़ में थोड़ी झल्लाहट आ गई और वह बोली, "अरेंज़्ड मैरिज में कोई दिक्क़त है क्या? इंसान नहीं करते क्या? उसे शादी करनी है। मुझे करनी है। बस।"

सिकंदर बोला, "सॉरी यार। तुम बुरा मान गई। वैसे भी तुम्हारा तो सपना भी है। नॉर्मल-सी फ़ैमिली हो बस। अच्छी बात है, हो रहा है पूरा! लेकिन एक बात बताओ, यह नॉर्मल फ़ैमिली होती क्या है? तुम्हारी नज़र में क्या होती है अच्छी शादी?"

चिंगी ने कुछ देर सोचा और बोला, "मतलब जैसी होती है सबकी! सब कुछ अच्छे से चले। कोई किसी को धोखा ना दे...बस और क्या?"

सिकंदर ने उसे हाथ से इशारा किया कि मैं आता हूँ अभी एक मिनट में और अंदर से बीयर्स की दो बॉटल्स और ले आया। कुछ खाने को भी। फिर बैठ गया चिंगी के साथ।

उसने पूछा, "धोखे से तुम्हारा मतलब एक्स्ट्रा मैरिटल अफ़ेयर से है क्या?"

चिंगी ने हाँ में सिर हिलाया और पूछा, "हाँ तो और क्या? और क्या होता है धोखा?"

सिकंदर उठ के रेलिंग के सहारे खड़ा हो गया और बहुत धीमे से बोला। जैसे बस अपने आप से कह रहा हो, "धोखे तो बहुत से होते हैं दोस्त, ऐसे रिश्तों में, तुम्हें क्या पता।"

चिंगी ने उसे यूँ गुमसुम खड़े देखा तो उसके पास जाकर खड़ी हो गई। सिकंदर की उदासी चिंगी तक भी पहुँच रही थी। उसने बात

बदलने की ग़रज़ से सिकंदर से पूछा, “अच्छा ये तो मैंने पूछा ही नहीं कि तुम जीवन को कैसे जानते हो?”

सिकंदर के चेहरे पर मुस्कराहट तो लौट आई पर उसमें भी गीलापन था मानो। वह बोला, “बहुत प्यारी कहानी है वैसे तो... लेकिन... किसी और दिन सुनाऊँगा, अगर फिर मिले। अच्छा चलो, मैं निकल रहा हूँ। मोहसिन को मेरी तरफ़ से मुबारकबाद बोल देना। टेक केयर!” उसने चिंगी से हाथ मिलाया और चला गया।

चिंगी उस रात अपने घर पहुँची तो देर तक सो नहीं पाई। बार-बार उठ के बैठ जाती। मानो विश्वास ना हो रहा है कि इतनी लंबी लड़ाई जो वो लड़ रही थी, अब ख़त्म हो गई थी। अब वह अंबाला जाएगी और सबसे मोहसिन के बारे में बात करेगी। सबको दिखा पाएगी कि चिंगी के परिवार में बस ऐसे रिश्ते नहीं होते जो किसी की मसालेदार बातों का कारण बनें। साफ़ सुथरे, मज़बूत रिश्ते भी होते हैं! एक-दो बार सिकंदर की यह बात कि वह और मोहसिन तो एक-दूसरे को जानते भी नहीं, उसके दिमाग़ में आई। पर उसने ऐसे सारे उलटे-सीधे ख़यालों को पीछे धकेल दिया। अब चिंगी ख़ुश होने वाली थी। बस बहुत ख़ुश। कोई उलझन नहीं। सब कुछ आसान और सीधा।

चिंगी जब काम नहीं ढूँढ़ रही होती तो अपना सारा समय जीवन और मोहसिन के साथ बिताती। अंबाला में सब लोग उसकी और मोहसिन की शादी को लेकर बड़े ख़ुश थे। कभी कपड़ों की बात करते, कभी शादी कैसे करेंगे उसकी, और हेमा मौसी ज़ाहिर है उस शादी के मेन्यू की!

एक दिन चिंगी जीवन के घर पहुँची तो मोहसिन और जीवन में से कोई भी नहीं था। चाभी थी उसके पास। ख़ूब बारिश हो रही थी और चिंगी भीग गई थी। मुंबई के बाक़ी लोगों की तरह, उसने भी हमेशा अपने साथ एक्स्ट्रा कपड़े रखना सीख लिया था।

वो सूखे कपड़े पहनकर बैठी ही थी कि उसे छींक आ गई। आज ज़रूर ज़ुकाम हो जाएगा, उसने सोचा। पहले मोहसिन का मैसेज आया कि एक जानवरों के शेल्टर में पानी भर गया है। वहाँ के सभी कुत्ते-बिल्लियों को वॉलंटियर्स के घर पहुँचाना है। चिंगी ने उसे ’टेक केयर’ का

मैसेज भेजा और काम करने लगी। तभी घंटी बजी। चिंगी भुनभुनाते हुए उठी, जीवन इतना आलसी था कि अपनी चाभी तक साथ नहीं रखता था। एक बार पूछा था चिंगी ने, अगर मैं और मोहसिन ना मिले तो कहाँ जाओगे? तब मोहसिन बोला था, जीवन भाई को क्या दिक़्क़त? इस बिल्डिंग में कोई ऐसा घर नहीं जहाँ इनके दोस्त ना हों। जीवन अक्सर कहा करता था, यार मुंबई ऐसी ही है। अकेलापन चाहिए तो वो मिल जाता है और घर ढूँढ़ो तो सारा शहर आपका घर बन जाता है।

दरवाज़ा खोलकर वह जीवन को ताना मारने ही वाली थी तो देखा कि सामने तो सिकंदर खड़ा है। दोनों के चेहरों पर हैरत थी। सिकंदर अंदर आते हुआ बोला, "जीवन ने कहा था कि घर पर कोई नहीं होगा... मेरे घर का वाईफ़ाई नहीं चल रहा असल में।"

चिंगी बोली, "अच्छा! जीवन तो आया नहीं अभी तक, मोहसिन भी देर से ही आ पाएगा। तुम आ जाओ! मुझे भी एक स्टोरी प्रोपोज़ल लिखना है। तुम अपना काम कर लो।"

दो-तीन घंटे दोनों बिना बोले अपना-अपना काम करते रहे। चिंगी को जुकाम हो ही गया था। एक बार ज़ोर से छींकी तो सिकंदर ज़ोर से हँस पड़ा। चिंगी भी हँसने लगी। इसके बाद भी काम में डूबे रहे, कोई बात नहीं हुई।

अचानक चिंगी को चेहरे के पास एक गरमाहट-सी तिरती महसूस हुई। उसने देखा, साइड में तामचीनी के एक बोल में ख़ूब गरम टमाटर का शोरबा रखा था। और बहुत सारे पेपर टिश्यूज़। चिंगी ने घूमकर देखा सिकंदर की ओर और मुस्करा दी। उसके थैंक्यू बोलने से ही पहले सिकंदर ने खड़े हो यूँ नाटक किया जैसी उसकी कमाल की अदाकारी के बाद दर्शक ताली बजाते-बजाते पागल हो रहे हों और वो विनयपूर्वक उनकी प्रशंसा ग्रहण कर रहा हो! चिंगी ने पहले आँखें गोल-गोल घुमाईं। फिर लैपटॉप के पास से उठ के बिस्तर पर बैठ गई पालथी मारकर। और बोली, "जीवन को भी ग़लती से थैंक्यू बोलो तो ऐसी ही कोई नौटंकी करता है! वैसे सूप है तो बहुत अच्छा।"

सिकंदर ने अपने बोल में देखते हुए और यूँ ही चम्मच हिलाते हुए, सपाट आवाज़ में पूछा, "मोहसिन से ज़्यादा अच्छा है?"

चिंगी एक सेकंड के लिए तो असहज हो गई फिर शैतानी से पूछा, "मोहसिन के बनाए सूप से हो रहा है मुक़ाबला या मोहसिन और इस सूप में किसी को चुनना हो तो किसको चुनूँगी, यह पूछ हो रहे हो?"

सिकंदर झेंप गया। चिंगी खिलखिलाने लगी।

सिकंदर ने पूछा, "अच्छा सुनो जीवन का वाईफ़ाई पासवर्ड 'स्पेसी स्नेक्स' क्यूँ है? किसी नई कॉमिक पर काम कर रहा है? मुझे बहुत मज़ेदार लगते हैं उसके सारे कॉमिक्स!"

चिंगी ने ज़रा देर सोचा और पूछा, "एक मिनट! 'स्पेसी स्नेक्स' से तुम क्या समझे?"

सिकंदर ने कहा, "अंतरिक्ष से आए साँप-नाग वग़ैरह?"

चिंगी इस अनुमान को सुनकर इतनी ज़ोर से हँस पड़ी कि उसके बोल में जो ज़रा-सा सूप बचा था उसके ऊपर गिर गया। लेकिन वह तब भी हँसती रही। सिकंदर थोड़ी देर उसकी हँसी यूँ देखता रहा जैसे किसी और दिन के लिए सँभाल रहा हो ये याद। फिर उसने ख़ुद को होश में लाया और चिंगी के हाथ से बोल ले लिया और उसकी टीशर्ट से सूप पोंछ दिया।

सिकंदर को इतना पास देखकर चिंगी की हँसी रुकी तो लेकिन आँखें खिलखिला रही थीं अब भी। फिर बोली, "काम से ब्रेक ले सकते हो क्या? मैं बताती हूँ क्यूँ है उसका ये पासवर्ड!"

सिकंदर बोला, "मेरा काम तो कब का हो गया। मैं तो तुम्हें सूप पिलाकर घर के लिए निकलने वाला था। तुम ले सकती हो ब्रेक तो सुनाओ ना!"

चिंगी ने कहा, "लेकिन पहले बारिश वाले गाने लगा लूँ? मैं जब दिल्ली में थी ना हेमा मौसी के पास तो मुंबई की बारिश के बारे में सुनकर बड़ा ही रश्क़ होता था। मैंने फ़िल्मी गानों की एक लिस्ट बनाई है बारिश वाली। अच्छा शटअप! मुझे पता है तुम मुझे फिर से दिल्ली की लूज़र बोलने वाले हो। वैसे हम सब लोग अंबाला के हैं!"

सिकंदर बोला, "नहीं बोलूँगा लेकिन एक शर्त पर। मैं बड़े सालों से ऐसी लिस्ट बनाना चाहता हूँ। पर आलसी हूँ तो तुम्हें बाद में ये गाने मुझे ब्लूटूथ करने पड़ेंगे!"

चिंगी मान गई। दोनों ज़मीन पर बैठ गए और चिंगी सिकंदर को जीतू अंकल की मैगी वैन के बारे में बताने लगी। बोली, उसके ऊपर लिखा होता है ये 'स्पेसी स्नेक्स'। वह शायद स्पाइसी स्नैक्स यानी तीखा नाश्ता लिखवाना चाहते थे। बस जीवन ने उनकी याद में रखा होगा पासवर्ड। और फिर चिंगी सिकंदर को अंबाला के बारे में बताने लगी। अपने परिवार के बारे में बहुत कुछ। फ़िल्मों का पागलपन, सबकी मज़ेदार और परेशान करने वाली हरकतें। और पता नहीं क्या सोचकर हेमा मौसी ने उसे ट्रेन में जो कहानियाँ सुनाई थीं उनमें से सादिक़ नानू वाली कहानी सुना दी! बाक़ी कहानियाँ नहीं सुनाई। सिकंदर रो पड़ा कहानी के आख़िर तक। चिंगी ने टिश्यूज़ पकड़ा दिए उसे और बोली, "अगर तुम अंबाला गए ना तो उनसे ज़रूर मिलना!"

और फिर उसके कंधे पर हाथ रख के पूछा, "ठीक हो ना तुम?" सिकंदर बोला, "हाँ ठीक हूँ। पर यार किसकी आँखें नहीं भीगतीं इस लाहौर-ढाका और अंबाला वाले अनूठे प्यार के बारे में सुनकर!" उसने अपने कंधे पर से चिंगी का हाथ हटाया और अपने हाथों में ले लिया। चिंगी को अगर इस बात से कोई एतराज़ हुआ हो तो भी उसने कुछ कहा नहीं। दोनों का हाथ यूँ साथ गुँथा रहा! चिंगी ने फिर कहानियाँ सुनाना शुरू कर दिया। कुछ मज़ेदार बातें जीवन के परिवार के बारे। फिर स्लीप ओवर्स के बारे में। और अपने क्रश के बारे में। सिकंदर ने पूछा, "सुनो, सबसे इम्पोर्टेंट बात तो बता दो। उस मनहूस पीएसपी का क्या हुआ?" चिंगी हँसते-हँसते बोली, "वो नेहा थी ना, जो मेरी सौतन बनते-बनते बहन गई थी? उसे दे आई थी दिल्ली जाने से पहले! मोहसिन ने बताया कुछ दिन पहले, वो गेम्स डिज़ाइन करती है अब!"

सिकंदर ने पूछा, "तो अब नया दहेज़ बनवाना पड़ेगा मियाँ मोहसिन के लिए? नहीं तो चल जाता ना उससे काम?"

मोहसिन और उसकी शादी के इस घुमावदार और मज़ाक़ में ही किए गए हवाले से चिंगी चुप हो गई। दोनों का मूड बदलने लगा जैसे। सिकंदर धीरे से अपना हाथ चिंगी के हाथ से निकालने लगा पर उसने महसूस किया कि चिंगी तो ऐसी कोशिश में नहीं है। जैसे वह हाथ पकड़े रहना चाहती थी, अभी भी। सिकंदर का जी नहीं चाहा कि इस बात पर कोई सवाल करके वह चिंगी को कॉन्शस कर दे। उसने फिर अपना हाथ नहीं हटाया।

अब चिंगी बोली, "सुनो, मैंने तो इतनी सारी कहानियाँ सुनाईं तुम्हें, अब तुम्हें भी बतानी पड़ेगी कोई कहानी। बताओ ना जीवन से कैसे मिले?"

सिकंदर बोला, "मोहसिन की वजह से! लेकिन मैं और मोहसिन कैसे मिले और किन हालात में, यह बताने के लिए मुझे अपने बचपन के बारे में बताना पड़ेगा कुछ। सुनोगी?"

चिंगी ने कहा, "बिलकुल सुनूँगी!"

सिकंदर बोला, "मेरी एक बहन थी करिश्मा। मुझसे चार साल बड़ी। ठीक-ठाक सा परिवार था हमारा। प्यार-व्यार, ज़िम्मेदारियों वाला परिवार। पापा का नाम है नितिन और मम्मी का सखी। उन दोनों ने शादी के टाइम निर्णय ले लिया था कि अपने-अपने घरों वाले सरनेम नहीं लगाएँगे। शायद इसीलिए, कि किसी की रज़ामंदी नहीं थी शादी में। ख़ैर, तो मेरा नाम हुआ सिकंदर सखी और मेरी बहन का करिश्मा नितिन। जब वह तेरह साल की थी और मैं नौ साल का, वह बहुत बीमार पड़ गई। एक बहुत रेयर कंडीशन थी। मैं तुम्हें उस बीमारी का नाम और डिटेल्स बता सकता हूँ पर छोड़ो उन्हें। बस यह जान लो कि इलाज नहीं हो सकता था। तुम ख़ुद सोच सकती हो कि मेरे मम्मी-पापा की हालत कैसी रही होगी। दो साल तक दोनों एक दिल एक जिस्म होकर उसका ख़याल रखते रहे। मुझे भूल गए हों ऐसा नहीं है पर नाना, बुआ, मामी, जो भी उस समय आया होता था हमारा साथ देने, मैं उनके साथ ज़्यादा समय बिताता था।

करिश्मा भी मोहसिन जैसे पप्पीज़ के पीछे दीवानी थी। मम्मी-पापा ने प्रॉमिस किया था कि उसकी सोलहवीं सालगिरह पर मिलेगा उसे

पप्पी। पर अब इस बीमारी के बाद कोई सवाल ही नहीं उठता था। एक बीमार बच्ची, एक और बेटा, इतने सारी टेंशंस के बीच किसे याद रहता पप्पी? जब डॉक्टर्स ने बताया कि अब कुछ संभव नहीं है, बस कुछ महीने बचे हैं तो मम्मी ने कहा नितिन चलो अब ले आते हैं पप्पी। पर पापा को यह चिंता थी कि कहीं बेटी को इन्फ़ेक्शन ना हो जाए। दोनों के बीच पहली बार इस बात को लेकर बहस हुई और उसके बाद तो बहसें और झगड़े बढ़ते गए। तब तो कुछ नहीं समझ आता था मुझे, पर बातें तो सुनता ही था। वो जो ग़ुस्सा दुनिया, ज़माने, भगवान, क़िस्मत, मेडिकल साइंस पर नहीं निकाल पा रहे थे, वह उन दोनों ने एक-दूसरे पर निकालना शुरू कर दिया था।

"एक दिन सुबह सुबह मम्मी और पापा दोनों नहीं दिखे मुझे घर पर! थोड़ी देर में वापस आए तो पता चला कि दोनों ही अलग-अलग जाकर भी एक जगह जा पहुँचे थे। उन दिनों हम अजमेर में रहते थे। बहुत ऑप्शन तो थे नहीं, एक ही डॉग अडॉप्टेशन सेंटर जाकर एक पप्पी ले आए थे। बहुत महीने के बाद मैंने उन दोनों को एक-दूसरे से प्यार से बात करते सुना था। मैं बहुत ख़ुश था। पप्पी भी मिल गया था और मेरे मम्मी-पापा ख़ुश भी थे।

"लेकिन करिश्मा को नहीं मिली यह ख़ुशी। मम्मी-पापा के पीछे से वो कोमा में चली गई थी। फिर दो दिन तक बेकार--सी कोशिश करते रहे डॉक्टर्स फिर मम्मी-पापा ने मिलकर निर्णय लिया कि बेटी जा चुकी है, अब कुछ नहीं हो सकता और उन्होंने लाइफ़ सपोर्ट हटाने की इजाज़त दे दी।

"ज़ाहिर-सी बात है, बहुत उदास और चुप हो गया था हमारा घर। बस वो बेचारा पप्पी जिसका नाम भी नहीं रखा था किसी ने, वो ही शोर मचाता रहता था और एक कमरे से दूसरे कमरे में दौड़ता रहता था। पर धीरे-धीरे घर में उदासी कम होने लगी और बहसें फिर शुरू हो गईं मम्मी-पापा के बीच। मम्मी चाहती थीं कि उन्हें वह क्या कोई और पप्पी भी ना दिखे ज़िंदगी भर। और पापा उस पप्पी को आँखों के सामने रखना

चाहते थे हमेशा-हमेशा के लिए। उससे खेलते नहीं थे, खाना नहीं देते थे, घुमाने भी नहीं ले जाते थे, बस उसे देखते रहते थे।

"कुछ महीनों बाद हम लोग मुंबई आ गए। शायद यह सोचकर कि जगह बदलने से यादें मंद पड़ जाएँगी। पर ऐसा होता थोड़े ही है! हर नई जगह को देखकर हम तीनों सोचते कि ये करिश्मा को पसंद आती कि नहीं।

बहुत ही अजीब होता है किसी बच्चे के चले जाने का दुख। सिर्फ़ गुज़री हुई बातों की यादें नहीं रुलातीं, जो बातें अभी हुई नहीं, यादें बनने से पहले ही रुलाती हैं। और वह पप्पी अभी भी उन दोनों के लिए झगड़े का कारण बनता रहा।

"उस पप्पी से सिर्फ़ मैं प्यार करता था और हमारी बिल्डिंग में इस्त्री करने वाली रेशम काकी। एक दिन मैंने उन्हें चुपके से कहा, आप ले जाओ ये पप्पी, मम्मी बहुत रोती हैं। काकी बोली, ले तो जाती बेटा लेकिन मेरा बहुत छोटा-सा घर है। पर मैं एक और जगह जानती हूँ। अगले दिन वह और मैं गए और उसे एक ऐनिमल शेल्टर में छोड़ आए। वैसे वो शेल्टर पेट्स को नहीं रखता था। बहुत नाराज़ होते थे वहाँ के लोग ऐसे लोगों से, जो अपना कुत्ता किसी पुराने सामान की तरह छोड़ आने की कोशिश करते थे। पर रेशम काकी ने जब हमारे घर की कहानी सुनाई तो मान गए। मुझे बोले कि मन हो तो कभी-कभी आकर मिल सकते हो इससे। तीन साल पहले फ़ोन आया कि वो गुज़र गया। बूढ़ा भी हो गया था, बीमार भी था। मैंने मम्मी-पापा से तो कुछ नहीं कहा पर मैं ख़ुद चला गया बाय बोलने। उसे आख़िरी बार सहलाया और कहा मेरी बहन को मिलना जन्नत पहुँचते ही और उससे कहना कि मैं, मम्मी और पापा उससे बहुत बहुत बहुत प्यार करते हैं!

"जब मैं वहाँ से लौट रहा था तो देखा एक लड़का खड़े हुए रोए जा रहा है। पता चला कि मेरे पप्पी के अलावा उस दिन वहाँ एक और पप्पी गुज़र गया था। एक्सिडेंट का केस था। रोने वाले लड़के का इस शेल्टर में नौकरी का पहला दिन था। बेचारा दोनों पप्पीज़ की मौत नहीं सहन कर पाया था। उसे डाँट पड़ रही थी। उस शेल्टर के लोग बोले,

डॉक्टर और नर्सों जैसी फ़ौलादी हिम्मत चाहिए होती है यहाँ काम करने के लिए। रोज़-रोज़ रोते रहोगे क्या? यह कहकर नौकरी के पहले ही दिन निकाल दिया बेचारे को। मैं जब नीचे आया तो उस लड़के को देखा। मुझे उसकी चिंता हो गई। उसे अपनी बाइक पर बिठाया और एड्रेस पूछकर उसे घर ड्रॉप करने जा पहुँचा। यही एड्रेस था। इतना तो तुम समझ गई होगी कि वह लड़का था तुम्हारा होने वाला शौहर! और जीवन को तुमसे बेहतर कौन जानता है? उसने तुरंत मुझे गले से लगाया और बोला वेलकम बैक। जैसे मैं तो इसी घर में रहता रहा हूँ और कहीं चला गया था कुछ दिन के लिए।

"उस पल तो लगा, जैसे मेरा घर जो अजमेर में छूट गया था, मेरा बचपन जो बहन के साथ चला गया था- वह सब कुछ लौट आया हो। और उस समय जीवन की आवाज़ पता है कैसी लगी मुझे? जैसे किसी डरावने जंगल में आप रास्ता भटक जाएँ, डरे, सहमे, लहूलुहान... और फिर अचानक से आपको वहाँ अपना घर दिख जाए- दरवाज़ा खुला हो आपके इंतज़ार में- ऐसी आवाज़। जीवन कहता तो हम सबको अपना दोस्त है लेकिन सबके मम्मी-पापा की तरह है।

"और मेरे ख़ुद के मम्मी-पापा? चिंगारी, मेरा बचपन बीत गया यह ख़्वाहिश करते हुए कि मेरी मम्मी की ज़िंदगी में कोई और अंकल आ जाएँ। पापा को भी कोई और मिल जाए। तुम सोचती हो ना एक्स्ट्रा मैरिटल अफ़ेयर को धोखा? मैंने तो अपने घर में अपने मम्मी-पापा को बहुत ही वफ़ादारी से धोखा देते हुए देखा है, एक-दूसरे को भी और मुझे भी। मुझे नहीं लगता कि वो दोनों किसी भी लिहाज़ से दोस्त, साथी या पति-पत्नी कहलाने लायक़ हैं। मुझे शादी से कोई एतराज़ नहीं है! लेकिन मैं शादी के घेरे में ही प्यार हो सकता है, यह नहीं मान पाता। बस ख़ुद से और किसी और से सच बोलने की हिम्मत हो तभी कोई रिश्ता मायने रखता है, ऐसा लगता है मुझे!"

चिंगी और सिकंदर का एक-एक हाथ तो एक-दूसरे के हाथ में था, दूसरे हाथ से दोनों ने एक-दूसरे के आँसू पोंछे और फिर चुप हो गए। बहुत देर तक दोनों यूँ ही बैठे रहे! एक-दूसरे के कंधे पर सर दिए हुए!

फिर सिकंदर ज़रा-सा हिला तो चिंगी ने अचानक उसका चेहरा अपनी तरफ़ मोड़ लिया दोनों हाथों से। और दोनों ने एक-दूसरे की आँखों में झाँका। दोनों जानते थे कि क्या होने वाला है। दोनों के चेहरे एक साथ पास आए और किस्स होने ही वाला था कि सिकंदर ने ज़ोर से चिंगी का हाथ पकड़ लिया और चेहरा झुका लिया। चिंगी उलझन में पड़ गई। सिकंदर ने हौले से कहा, "बहुत दिनों से करना चाहता था मैं यह। लेकिन अभी...मुझे समझ नहीं आ रहा कि बग़ैर तुम्हें गिल्टी महसूस करवाए या तुम्हें ऐसा लगवाए बिना कि मैं अकेला फ़ैसला ले रहा हूँ, इस किस को रोकने को, मैं कैसे बोलूँ कि शायद नहीं करना चाहिए। तुम... तुम हो चिंगारी। तुम ज़रूर बताओगी मोहसिन को। फिर?"

चिंगी अलग हो गई। धीरे-धीरे हाथ भी अलग हो गए दोनों के। पर वो लम्हा बहुत ही धीरे-धीरे बीता। कब दोनों एक-दूसरे के पास से उठे, पता ही नहीं चला। सिकंदर कुछ देर में घर वापस लौट गया और चिंगी वहीं सो गई, ड्रॉइंग रूम में जहाँ वो अक्सर सो जाया करती थी, रात देर हो जाए तो।

जब चिंगी सुबह सोकर उठी तो जीवन और मोहसिन अपने-अपने कमरे में थे। देर रात को लौटे थे तो शायद सो रहे थे। चिंगी ने नाश्ता बनाया और ख़ुद के लिए थोड़ा-सा प्लेट में लेकर, बाक़ी उन दोनों के लिए छोड़ दिया। अपना रात का बचा काम ख़त्म किया। फिर अपना सामान समेटा और घर लौटने के लिए टैक्सी बुक करने लगी। फिर अचानक से फ़ोन अलग रख दिया और चुपचाप सोचती रही। मोहसिन कब कमरे में आया और कब उसके बग़ल में बैठ गया, उसे पता भी ना चला। थोड़ी देर ख़ामोश रहने के बाद मोहसिन ने पूछ ही लिया, "तुम ठीक हो चिंगारी?"

चिंगारी ने सिर हिलाकर कहा, "नहीं! ठीक नहीं हूँ। बुरी हूँ मैं। मोहसिन, मैंने तुम्हें चीट किया है!"

मोहसिन हैरतज़दा तो हुआ लेकिन कुछ नहीं बोला। चिंगी ने उसकी ओर देखा तो वह बस चिंगी आगे क्या बोलेगी, उसका इंतज़ार कर रहा था।

चिंगी ने हिम्मत करते हुए कहा, "सिकंदर के साथ। मैं बहुत कोशिश करती रही कि मुझे वह पसंद ना आए। पर आ गया। और..."

मोहसिन ने कहा, "कोई बात नहीं। मैं समझता हूँ। तो हम दोनों की यह जो मँगनी हुई थी, तोड़ लें क्या?"

चिंगी ने चौंककर उसे देखा और बोला, "तुम नाराज़ नहीं हो?"

मोहसिन बोला, "हाँ थोड़ा-सा। दुखी भी हूँ शायद। पता नहीं। पर आप टेंशन मत लो। जो हो गया सो हो गया।" यह बोलकर मोहसिन कमरे से बाहर जाने लगा कि देखा, सामने जीवन खड़ा है। जीवन ने मोहसिन की बाँह पकड़ी और बोला, "वहाँ जाकर बैठ चिंगारी के बग़ल में।"

ख़ुद एक कुर्सी ले आया और बैठ गया दोनों के सामने और मोहसिन से पूछा, "तेरी मंगेतर तुझे बोले कि उसने तुझे चीट किया है और तू बस यही करेगा? लापरवाही से बोलेगा जो हुआ सो हुआ? उसकी सॉरी तक नहीं सुनेगा?"

मोहसिन ने कहा, "अरे सॉरी फ़ील ना करती तो मुझे बताती क्यूँ?"

जीवन बोला, "इसने तुझे बताया क्यूँकि इससे ग़लती तो हुई पर यह इज़्ज़त करती है तेरी। पर तुझे तो..."

चिंगी बोली, "ग़लती मुझसे हुई है तुम इसे क्यूँ डाँट रहे हो जीवन? मैंने इसे सॉरी नहीं बोला अभी तक।"

जीवन ने इशारा किया, तो बोल दो अब।

चिंगी ने झिझकते हुए कहा, "सॉरी मोहसिन। बहुत-बहुत सॉरी। तुम मुझे बहुत पसंद हो पर मुझे समझ नहीं आ रहा कि..."

जीवन बोला, "तुमको आज तक कुछ आया है समझ में चिंगी, कि यह बात समझ लोगी तुम? डर छोड़ोगी ना जिस दिन, सब समझ आ जाएगा उस दिन। ख़ैर आज तो मैं समझा दूँगा थोड़ी देर में! पहले ये बताओ कि तुम मोहसिन से, सिकंदर से या आगे जाकर किसी से भी शादी करना क्यूँ चाहती हो? तुम्हें चाहिए क्या शादी से? और मोहसिन तू भी सोच ले इस सवाल का जवाब।"

चिंगी बोली, "सब करते हैं शादी? मुझे नहीं करनी चाहिए क्या? मैं अकेली रहूँ क्या सारी ज़िंदगी?"

जीवन बोला, "वाह क्या जवाब है! प्यार करने की हिम्मत नहीं है तो शादी कर लो और ज़िंदगी भर छुपती रहो उसके पीछे!"

चिंगी का मुँह उतर गया और बोली, "प्यार करने की हिम्मत नहीं है मतलब? ज़ाहिर-सी बात है, मुझे हो ही जाएगा प्यार अपने पति से..."

अपनी बात ख़त्म करने से पहले चिंगी को जीवन की बात समझ में आ गई! उसने मोहसिन को देखा और सर झुका लिया।

जीवन ने मोहसिन से पूछा, "और तुझे क्यूँ करनी है शादी?"

मोहसिन ने बोला, "स्टेबिलिटी के लिए! कोई हो हमेशा मेरे पास भी। कोई ग़लत बात है क्या?"

जीवन ने कहा, "स्टेबिलिटी? फ़ेविकोल के डब्बे से कर ले शादी! वो फ़र्नीचर का हर जोड़ मज़बूती से जमाए रखता है। और कोई है मतलब? जैसे वो घड़ी लगी है दीवार पर? वैसे? बस हो घर में। तू ना उसे प्यार करेगा, ना ख़याल रखेगा? चिंगी के बाद एक और लड़की आएगी और चली जाएगी और तू बोलेगा, कोई नहीं, हो गया तो हो गया! चिंगी मैडम को चाहिए पति के नाम पर गारंटियाँ। और इन साहब को चाहिए स्टेबिलिटी! दोनों में से कोई एक-दूसरे को चाहना तो छोड़ो, देख भी नहीं रहा था अब तक। मैं हफ़्तों से कर रहा था इंतज़ार, कि अब आएगी अक़्ल। दोनों समझ जाएँगे। पर नहीं। ऐसे कैसे? जीवन है ना मुफ़्त में हर बात समझाने के लिए। और भी बातें हैं वैसे। चिंगी को पहले ही दिन से मोहसिन और सिकंदर में से किसी एक को चुनना था। चिंगी ने चुना मोहसिन को। क्यूँ? क्यूँकि मेरा भाई नाज़ुक, हस्सास और शर्मीला है। यानी कि सेफ़ और सुरक्षित। जैसे मेरा भाई इंसान नहीं सैनिटाइज़र हो!"

मोहसिन को इस बात पर हँसी आ गई। उसने पूछा चिंगी से, "सच में? मैं ऐसा लगता हूँ क्या?"

चिंगी को शायद मोहसिन पर पहली बार प्यार आया। उसने कहा, "मतलब मैं इग्ज़ैक्ट्ली तो ऐसे नहीं बोलती तुम्हारे बारे में पर जीवन

की बात ग़लत नहीं है। पर तुम बोरिंग हो, ऐसा है नहीं। मैं ही तुममें ग़लत चीज़ ढूँढ़ रही थी। तुममें प्यार करने लायक़ बहुत कुछ है... यार मैं किसी और बंदे को नहीं जानती दुनिया में जो इस बात पर हँस पड़ता, अपनी ही इन्सल्ट पर! तुम बहुत क्यूट हो यार!"

जीवन ने कहा, "बस अब ब्रेकअप हो रहा है तो दोनों को दोस्ती सूझ रही है!"

मोहसिन बोला, "अजीब बात है। दोस्ती का थोड़े ही हो रहा है ब्रेकअप। और क्यूट तो मैं हूँ ही।"

चिंगी ने बैठे-बैठे ही मोहसिन को गले से लगा लिया और जान बूझकर ज़ोर से बोली, "और मैं ना तुम्हें अपना बेस्ट फ्रेंड भी बना लूँगी। जीवन बहुत डाँटता है!"

मोहसिन ने भी उतनी ही ज़ोर से कहा, "पर मैं तुम्हें अपना बड़ा भाई कैसे बनाऊँगा? दीदी बोल दिया था एक बार तो कितना बवाल किया था तुमने!"

चिंगी और मोहसिन ने एक-दूसरे का हाथ पकड़ा और उसे नचाते हुए जीवन को चिढ़ाने लगे!

चिंगी बोली, "यार मैंने अपना फ़्लैट ऐसी बिल्डिंग में किराए पर लिया है जहाँ पेट्स ला सकते हैं। मेरे पास एक एक्स्ट्रा कमरा भी है। उसमें तुम चाहे जितने मर्ज़ी पप्पीज़ लाकर रख लो। पर सँभालना तुम्हें पड़ेगा। ओके?"

मोहसिन बोला, "थैंक्यू चिंगी। पर मुझे भी एक बात आप दोनों को बतानी है। यानी क़बूल करनी है आप दोनों के सामने। मैंने भी चीट किया है चिंगी को। किसी लड़की के साथ नहीं। जीवन भाई के साथ।"

जीवन बोला, "एक्सक्यूज़ मी?"

मोहसिन बोला, "वो अगर मैं उस दिन गैराज में इन्हें मना ना करता, कुलसुम वो बात अपर्णा को नहीं बताती तो ना तो इनके घर में कोई बवाल होता ना हमारे घर में। जीवन भाई और डैडी में झगड़ा थोड़े ही होता। जीवन भाई से चिंगी बात करना थोड़े ही छोड़ देती। चिंगी इतने साल इतनी दुखी रही। इधर से उधर भटकती रही। उस दिन जब पहली

बार हेमा मौसी ने भेजा था इन्हें यहाँ तब इन्होंने बताया था सब कुछ। मुझे लगा कि दस साल पहले मेरी वजह से सब बिखर गया था। और अब सब कुछ तो नहीं, लेकिन थोड़ा-सा तो ठीक हो जाता। मतलब मैं ना ऐसे करके जीवन भाई के घर छूट जाने के लिए सॉरी बोल रहा था। तो अगर चिंगी मुझे सैनिटाइज़र जैसे देखती भी है ना तो मैं भी इन्हें ऐसे अपना, वह होता है ना, क्या बोलते हैं... मतलब बहुत बड़ा पाप हो जाए तो वो करते हैं ना प्राय...प्राय?"

जीवन बोला, "मैं तुम दोनों का मुफ़्त सलाहकार तो हूँ ही, अब डिक्शनरी भी बना लो। इनको प्रोमिस्क्यूअस का मतलब समझाओ और फिर इस उल्लू को बताओ कि ये प्रायश्चित बोलने की कोशिश कर रहा है!"

मोहसिन ने पूछा, "कैसे पता है आपको यह सब?"

जीवन ने अपनी ज़ुल्फ़ों को अदा से झटका और बोला, "मैं तुम दोनों की तरह बचपन में ही इश्क़-माशूक़ी नहीं फ़रमा रहा था। पढ़ाई करता था स्कूल में!"

चिंगी बोली, "हाँ बिलकुल। यही बात है! सातवीं क्लास में विल्सन। क्लास आठवीं में वो लोकल स्विमर था ना..."

मोहसिन बोला, "वो गुरविंदर या जिसे सब बॉबी द फ़िश कहते थे?"

चिंगी बोली, "दोनों यार, दोनों। और वह हिंदी के टीचर नहीं थे? क्या नाम था... बस दो महीने के लिए आए थे? भानू सर!"

मोहसिन ने फुसफुसाने की ऐक्टिंग करते हुए कहा, "हमारा एक फ़ैमिली फ्रेंड है अमन। उस पर तो इतना ज़ोर का दिल आ गया था जीवन भाई का। ट्वेल्थ के बोर्ड्स से पहले!"

जीवन अपना चेहरा हाथों में छुपाए हुए हँस रहा था। बोला, "मँगनी तो तुड़वा दी तुम दोनों की मैंने अक़्ल लगा के, अब दोस्ती का भी कुछ तो करना पड़ेगा। बहुत ख़तरनाक हो तुम दोनों!"

मोहसिन ने कहा, "ओहो मँगनी आपकी अक़्ल से टूटी है क्या? वह तो सिकंदर..."

चिंगी शरमा गई। जीवन ने मोहसिन को कहा, "जा नाश्ता गरम करके ला। मुझे चिंगी से कुछ बड़े लोगों वाली बातें करनी हैं!"

मोहसिन उठ तो गया लेकिन बोला, "आप हमेशा रेहाना आपा और कुलसुम से बात करते हुए भी मुझे ऐसे भेज देते थे ना। तब भी पता लगा लिए ना मैंने आपके सब लवर बॉयज़ के नाम!" और मोहसिन नाश्ता गरम करने चला गया।

जीवन ने चिंगी से पूछा, "चीटर की बच्ची। प्रोटेक्शन तो यूज़ किया नहीं। जितने कॉन्डम कल सुबह थे आज सुबह भी थे।"

चिंगी बोली, "ब्लडी हैल! तुम रोज़ सुबह उठकर गिनते हो क्या?"

जीवन बोला, "तुम दोनों पर नज़र नहीं रखनी थी क्या? तो सिकंदर क्या पहले से सोच के आया था? बड़ा पक्का खिलाड़ी टाइप का है। मुझे तो बोला वाईफ़ाई नहीं चल रहा। हैं? और तुम दोनों में यह खिचड़ी पक रही थी? मैंने सोचा बस बह गए होंगे बाय चांस!"

चिंगी बोली, "बको मत। सबसे पहले तो अपनी लव लाइफ़ का कर लो कुछ, जिससे हम दोनों की लव और सेक्स लाइफ़ से नज़र तो हटे। क़तई पागलपन के लक्षण हैं ये। और दूसरी बात, सेक्स? हम दोनों ने तो किस्स करने से पहले ही रोक लिया था ख़ुद को!"

तब तक मोहसिन आ गया और बोला, "जब चिंगी पहले ही साबित कर चुकी हैं कि भाई हम दोनों की लव और सेक्स लाइफ़ से ऑब्सेस्ड है तो मैंने सोचा एक और बात बता ही दूँ। उस दिन हम दोनों शरमाए थे वर्जिनिटी की बात से, याद है? मैं इनके सामने वह बात करने से शरमा गया था! वैसे ना मैं कोई वर्जिन वग़ैरह नहीं हूँ। अंबाला में थी कोई। पर कौन, मैं नहीं बताऊँगा! ओके?"

चिंगी ने जीवन से हाथ मिलाया और कहा, "हम दोनों लगा लेंगे पता।"

मोहसिन ने खाते हुए कहा, "लगा लो! किसी और को पता ही नहीं है! अच्छा यार चिंगी, यहाँ तो हो गया ना सब सही! अब जाओ ज़रा सिकंदर का हालचाल पूछ लो। बेचारा एक तो किस्स भी नहीं कर पाया।

क्या है? ऐसे मत घूरो। आप दोनों कोई बहुत धीमे-धीमे बात नहीं करते। और किचन कोई एक किलोमीटर की दूरी पर नहीं है। एंड फॉर योर इंफ़रमेशन, जीवन भाई, मेरे पास ख़ुद का इंतज़ाम था कॉन्डम्स का। मैं अपने बड़े भाई के स्टॉक से चुराने के कोई इरादे नहीं रखता था। माना शर्मीला हूँ पर हूँ तो इंसान ही! अब चलो, अम्मी को फ़ोन करके यह ख़ुशख़बरी दे दूँ कि मँगनी टूट गई है। या नहीं? क्या पता बोले कि इसी ख़ुशी में बेटा जलेबी बना के भेज दे। अम्मी का कोई भरोसा नहीं है आजकल।" तीनों हँसने लगे। पर सलमा बुआ को फ़ोन लगाने की नौबत ही नहीं पड़ी।

अचानक से ज़ोर-ज़ोर से घंटी बजी तो मोहसिन ने दरवाज़ा खोला और देखा सलमा बुआ थी, बदहवास हालत में! लेकिन इतनी ज़ोर से हँसती हुई और चिल्लाती हुई कि मोहसिन को अपने कानों पर हाथ रखना पड़ा। सलमा आंटी के हाथ में था वेडिंग कार्ड्स का एक बंडल। चिंगी ने उन्हें पानी पिलाया। जीवन ने बिस्तर पर बिठाया और पीठ सहलाई। सलमा बुआ ने ख़ुद को सँभाला और कार्ड्स दिखाए। बोली, "शादी के कार्ड्स हैं ये!"

जीवन, मोहसिन और चिंगी चुपचाप एक-दूसरे को देखने लगे। फिर चिंगी हिचकिचाते हुए बोली, "हम ना आप को बताने ही वाले थे। हम दोनों ने मँगनी तोड़ दी है। मतलब हम दोनों एक-दूसरे से शादी नहीं करने वाले!"

सलमा बुआ को एक मिनट तो लगा ये बात समझने में। फिर बोली, "आज तो दिन है ही बढ़िया! दो-दो अच्छी ख़बरें सुनने में मिल गईं। चल जीवन, हाथ हिला। मीठी चाय तो पिला दे इस ख़ुशी में।"

जीवन जल्दी से बना लाया चाय। तब तक सलमा बुआ चिंगी और मोहसिन की हर कोशिश नाकाम करती रही कि कार्ड्स पर किसके नाम छपें हैं, वे दोनों देख पाएँ। जीवन आया तो खोला सलमा बुआ ने राज़। पर इतनी आसानी से भी नहीं। पहले बोली, "अच्छा है कि तुम दोनों का वह बेवक़ूफ़ाना रिश्ता टूट गया। चिंगारी का तो पता नहीं पर मेरा

गधा बेटा किसी और को पसंद करता है। दिल तोड़ दिया उस प्यारी-सी बच्ची ने तो यहाँ आ गया रोता हुआ।"

मोहसिन चौंक के बोला, "आपको कैसे पता है? और दिल तोड़ा उसने और प्यारी बच्ची भी वही! आप कैसी अम्मी हो यार। सच में!"

सलमा बुआ बोली, "तेरा नालायक़ बाप नहीं बदलता था तेरे डायपर! समझा? कब बेटे ने सूसू की और कब बेटा डर के रो रहा है, ये सब बातें बिना कहे सीख गई। तो ऐसा है बेटा कि कहे बग़ैर यह राज़ भी जान जाऊँ तो इतना अचरज क्यूँ? मुझसे वारिस शाह के कलाम और शेक्सपियर पढ़ने आती थी। और मेरा सत्रह साल का बेटा किसी उल्लू की तरह उसे नदीदी नज़रों से देखता था। अपने आपको कभी रांझा और कभी रोमियो समझ के! अच्छा अच्छा, अपने पप्पीज़ की तरह का मुँह मत बना मोहसिन। शरमा-शरमा के ही सही, देखता तो था ना! फिर किसी दिन हिम्मत करके बता दिया उसे। फिर शायद मोहसिन जी अपना दिल और वर्जिनिटी उस लड़की को सौंप आए। अगली सुबह मेरे मेकअप के सामान में कंसीलर ढूँढ़ते नज़र आए थे। अपने गर्दन पर लगी हिकीज़ छुपाने! वर्जिनिटी तो भई एक बार गई तो गई। पर दिल भी लौटा गई वह मोहतरमा और बोली वन नाइट स्टैंड था यार, मैंने समझाया तो था पहले ही। और तुम बोले थे तुम समझ गए हो! मोहसिन ने कहा तो कुछ नहीं पर अगले दिन से मुझे एक्स्ट्रा तकिए के गिलाफ़ धोने पड़े! रात भर रोते थे, 'रंजिश ही सही दिल ही दुखाने के लिए आ' सुन-सुन के। मतलब सोचो, सत्रह साल का लौंडा अरिजीत के गाने सुने, अडेल के गाने सुने या मेरी बला से मीका सिंह सुन लेता, मुझे तसल्ली हो जाती। पर नहीं, ऐसे कैसे? शामत तो मेहदी हसन जी की आई थी ना! उसी लड़की का ग़म गले से लगाए बैठे हैं सात साल से। एक बार और कोशिश कर लेते बेटे। पर नहीं। इन्हें तो चिंगारी की ज़िंदगी बर्बाद करनी थी ना! और अच्छा हुआ कि तुम दोनों का रिश्ता टूट गया, नहीं तो लोग बहुत बातें बनाते। क्यूँकि यह जो हो रही है ना शादी अंबाला में, उसमें दूल्हा है चिंगारी के घर का और दुल्हन है मोहसिन के घर की!"

तीनों के तीनों एक-दूसरे का मुँह ताकने लगे। इस बात का क्या मतलब था? फिर अचानक से मोहसिन ने एक कार्ड खींच लिया और भाग गया। वह जल्दी से खोलकर पढ़ने लगा

"एक काली शेरवानी के सीने के पास वाली जेब में एक दिन एक पर्ची मिली। पर्ची अपने बैंगनी डब्बे से रास्ता भूलकर कब उस जेब में आ पहुँची थी, ना तो डब्बे की मालकिन को पता चला और ना ही शेरवानी के मालिक को। दोनों ही की मोहब्बतें एक मोड़ पर भटक गई थीं। ज़िंदगी ने फिर एक कोशिश की है एक नई मोहब्बत का पैग़ाम भेजकर, कि वो दो भटके हुए राही अब हमराही बनकर नई मंज़िलें ढूँढ़ लें!! आप सब लोग ज़रूर आइएगा हमारी ख़ुशी में शिरकत करने! ढेरों प्यार और उम्मीदों के साथ– सादिक़ और विक्टोरिया।"

एक पल के लिए सन्नाटा छा गया और फिर चारों ने ज़ोर-शोर से हँसना, गाना, नाचना सब शुरू कर दिया। बस पूरा दिन उसी में बीता! अगले दिन का टिकट बुक हो गया।

चिंगी ने सिकंदर को फ़ोन पर बता दी थी अपनी मँगनी टूट जाने की बात। सिकंदर ने पूछा, "तो मैं इंतज़ार करूँ?" चिंगी ने हँसते हुए कहा, "यार करना चाहो तो कर लो। ना करना चाहो तो ना करो। हम लोग इंसान हैं, वॉशिंग मशीन थोड़े ही हैं कि गारंटियों और वारंटियों से चले कोई रिश्ता। क्या पता आ जाऊँ, क्या पता वहाँ कोई और मिल जाए! मैं तो हर ख़तरा उठाने को तैयार हूँ अब!"

सिकंदर ने चिंगी के इस नए बदले हुए फ़लसफ़े और उसकी हँसी में साथ देते हुआ कहा, "हाँ बिलकुल! क्या पता! और वो शादी की शर्त? वह अब भी है या नहीं?"

चिंगारी ने कहा, "कर भी सकते हैं, नहीं भी कर सकते हैं। लेकिन जो करेंगे, ईमानदारी से करेंगे। पहले ख़ुद से करेंगे और फिर एक-दूसरे से करेंगे हम... प्यार। ओके?"

सिकंदर ने कहा, "वेरी-वेरी ओके! फिर ख़याल रखो तुम। वापस लौटो तो अपने इस 'क्या पता' वाले मूड से पूछकर फ़ोन कर देना!"

अगले ही दिन अंबाला का एक नाराज़ बेटा और एक बिदकी हुई बेटी लौट आए पूरे दस सालों के बिछोड़े के बाद।

इतनी प्यारी और रंगीन शादी किसी ने नहीं देखी थी कभी। फिर बारी आई फोटोग्राफ़्स की। सबसे पहले चिंगारी के परिवार की! और इससे पहले कि कोई कोई समझ पाता, श्रीधर अंकल और मृणमयी आंटी के बीच, नाना और नानी के ठीक सामने, मम्मी-पापा और दादा-दादी के इतने क़रीब कि चारों का हाथ एक साथ पकड़ पाए, सादिक़ नानू और एलिस अम्मची दोनों के हाथ अपने सर पर रखवाकर चिंगारी खड़ी थी फ़्रेम में!

अपने आप को ढूँढ़ने वाली तलाश ख़त्म हो गई थी चिंगारी की। और इसी के चलते वह अपना और इस परिवार का बचपन लौटा लाई थी शायद।

उसके बाद इस फ़ोटो में जुड़ते गए एक और परिवार के लोग। रोशन और इंदु। सितारा बुआ और यासेर अंकल। रेहाना, आमना, जीवन, कुलसुम, जगत और मोहसिन। और विक्टोरिया अम्मा को कस के पकड़कर खड़ी हुई सलमा बुआ! बस एक आदमी रह गया था।

सिद्धेश अंकल अकेले एक कोने में बैठे थे सबसे नज़रें चुराए। जीवन ने ली एक गहरी साँस। वह अचानक निकला फ़्रेम से और सिड़ी अंकल को खींच के ले आया। पर सिड़ी अंकल नज़रें झुकाए खड़े रहे। जीवन ने कहा, "क्या अंकल! सीधे खड़े होइए ना! लाइक अ मैनली मैन। मर्द बनिए मर्द!" और सब हँस पड़े। अंकल के चेहरे पर भी छोटी-सी मुस्कान आ ही गई।

सब लोग खाना खाने के लिए तितर-बितर हो गए! चिंगी ने देखा कि हेमा मौसी, पापा और नाना हलवाइयों का दिमाग़ खा रहे थे। मोहसिन खड़ा हुआ कुछ सोच रहा था। चिंगी उसके पास गई और पूछा, "मेरे और नेहा दोनों के क्रश को नज़रअंदाज़ करके तुम्हें मिला भी तो कौन? हमारे ही क्लास की देबजानी? छोड़ यार डर। एक बार फिर पूछ लेने में क्या हर्ज़ है। मना ही करेगी ना! हम लोग हैं ना! पूरे दो दिन देंगे

तुझे रोने के लिए! फिर टिंडर पर प्रोफ़ाइल खोल देंगे! वह क्या है ना...
डर के आगे...”

मोहसिन बोला, “पता है। डर के आगे जीत है!”

चिंगी बोली, “मैं तो डर के आगे प्यार है बोलने वाली थी! और जीवन कहता डर के आगे ऑर्गेज़्म हैं! तू ख़ुद चुन ले तुझे क्या चाहिए! अच्छा तू सोच मैं ना जल्दी जाकर बिरयानी परोस के लाती हूँ! नहीं तो हेमा मौसी सारी की सारी खा जाएगी।”

चिंगी प्लेट लिए आगे बढ़ी तो एक आवाज़ सुनाई दी। उसने पलट के देखा तो जीतू अंकल खड़े थे। हाथ में थे मैगी के दो बोल। वह बोले, “मैं अब तेजिंदर भाई के साथ लाइब्रेरी सँभालता हूँ। अब नहीं बनाता मैगी। पर जीवन से सुना तेरा सारा क़िस्सा तो मन हुआ कि कान खींचे जाएँ तेरे। सीधे बिरयानी पर कैसे कूदी बेटा? प्यार हो जाए तो जीतू अंकल की बनाई मैगी खानी चाहिए या नहीं?”

चिंगी हँस पड़ी और बोली, “ग़लती हो गई अंकल! लेकिन दो बोल्स क्यूँ?”

जीतू अंकल बोले, “एक तुम्हारे लिए और एक उस सिरफिरे के लिए जिसने अपना नाम आलूखोर बताया! पलटकर देख।”

चिंगी तेज़ी से मुड़ी और देखा सिकंदर बैठा है। सामने पेपर और पेन लिए, और बोला, “तुम्हारी ‘क्या पता से’ ज़्यादा भरोसा ना मुझे फ़्लेम्ज़ पर है! यह देखो, एम फॉर ‘मैगी खाना’ लाना हो ना, रिज़ल्ट में, तो तुम्हारे नाम में एक्स्ट्रा आई लगाकर और मेरे नाम में एक्स्ट्रा आर...”

इससे पहले कि सिकंदर आगे की बात कह पाता, चिंगी ने उसे ज़ोर से चूम लिया। फिर तो अगले पाँच मिनट तक चलता रहा ये किस्स! वैसे तो किसी कोने में ले जा सकती थी चिंगी सिकंदर को। लेकिन क्या करे, खुल्लम-खुल्ला प्यार करने पर मजबूर जो थी। आखिरकार उसके ‘इमॉरल’ परिवार की इज़्ज़त अब उसके हाथ में थी। परंपरा तो बढ़ानी थी ना आगे?

***